나를 만나러 가는 여행

삶 에 서   길 을   잃 었 다 면
나 를   찾 는   여 행 을   떠 나 봐 !

나를
만나러 가는
여행

피터 수 Peter Su 지음
장려진 옮김

보아스 BOAZ

나를 만나러 가는 여행을
떠날
준비가 되셨나요?

꿈을 향한 여정을 시작했다면,
넘어져도 끝까지 가보는 거야!

자신을 믿자

인터넷이라는 작은 세상 속에서 밝고 따뜻한 수많은 글을 공유하며, 나처럼 열정적으로 삶을 사랑하고 꿈을 믿는 사람들을 만났다. 그리고 그들이 보내준 응원, 호의적인 댓글과 격려들이 나를 계속 앞으로 나아가도록 이끌어주었다.

많은 사람이 "그렇게 많은 이야기를 했는데 전부 이룰 수 있는 건가요?"라며 내게 물어온다.

이는 매우 흥미로운 질문이라고 생각한다. 살아가는 동안 우리는 겉으로는 비슷해 보이지만 각기 다른 수많은 자신만의 문제에 직면하게 되는데, 그로 인한 만족감, 고통스러움, 행복감, 서글픔 혹은 말로 표현할 수 없는 모든 감정은 오직 자신만이 가장 잘 이해할 수 있다.

우리는 다른 누군가가 될 수는 없겠지만, 다른 사람의 장점을 배우도록 노력해야 한다는 점은 항상 기억해야 한다. 그를 모방하며 배우는 과정에서야 비로소 자신의 가치와 의미를 발견하는 법을 알게 된다. 우리는 누구나 사람과 환경, 감정에 대해 불평불만을 갖지만 당신도 나처럼 그 원망을 긍정의 에너지로 바꿀 수 있기를 바란다. 그것이야말로 삶에 대한 최고의 선물이 될 것이라 생각한다.

간디의 명언 중 내가 좋아하는 말이 있다.

"세상을 변화시키고 싶다면, 당신 스스로 그 변화가 되어라."

불만을 품기보다 당신이 꿈꾸는 변화 자체가 되어보라.

인생의 여정 속에서 우리는 나를 좋아하는 사람, 사랑하는 사람, 싫어하는 사람, 음해하는 사람, 목숨처럼 소중히 아끼는 사람, 아무것도 아닌 듯 홀대하는 사람 등 다양한 사람들을 만나게 된다. 그런 가운데 힘들고 실망하고 지쳐서 포기하고 싶은 순간이 올 수도 있다. 그런데 우리가 느끼는 이런 감정들은 사실 상대방과는 무관한 것이다. 또한 그들이 나를 어떻게 보는지도 전혀 중요하지 않다. 우리의 진정한 가치는 스스로 어떻게 보느냐에 달려 있다. 자신의 행복을 결정할 수 있는 것은 오직 자신뿐이며, 자신의 미래는 결국 스스로 책임져야 한다.

물론 이를 실현하는 것이 너무 어렵다고 느껴질 수 있다. 그렇지만 우리 앞에 놓인 여정이 매우 멀다 해도 멈출 수 없으며, 지금의 당신 또한 그 길 위에서 얻은 것들로 채워졌다는 걸 알고 있을 것이다. 그러니 계속해서 스스로를 믿고, 삶을 믿고, 사랑을 믿어야 한다. 그리고 용기 있는 사람이 되는 법을 배워서 인생이 당신에게 주는 모든 시련을 견뎌내야 한다. 비록 오늘은 아닐지라도 어느 순간 모든 것이 좋아지는 날이 오기 때문이다.

자신을 믿자. 내가 당신을 믿는 것처럼.

피터 수(Peter Su)

나를
만나러 가는
여행
• 차례 •

무작정 떠난 여행, 중국 · 태국 · 미국 · 호주

CHINA · THAILAND · AMERICA · AUSTRALIA

웃어봐! 이미 일어난 일이니

일상으로의 여행, 타이완

TAIWAN

고개를 45도로 들어 바라본 하늘

꿈이 펼쳐지는 나라, 남아프리카
SOUTH AFRICA
첫눈에 사랑에 빠지는 곳, 남아프리카

여행은 마치 끊을 수 없는 중독처럼,
한번 빠지면 평생 헤어 나올 수 없다.

망망대해 같은 인생 속에서 때로는 발버둥 치기를 멈추고 해류에 몸을 맡겨야 의지할 만한 부목浮木에 닿을 수 있다. 이러한 표류 끝에 우리는 삶이란 마치 바다와 같음을 조금씩 깨닫게 된다. 온 힘을 다해 맞서 저항할수록 온몸은 상처투성이가 되지만, 물결에 몸을 맡기고 흐름에 순응할 때 어느새 파도를 뚫고 무사히 헤쳐 나갈 수 있다.

유랑 流浪

배낭여행 시절 남아프리카 여행을 마치고 타이완에 막 돌아왔던 그때, 나는 한껏 충만한 상태였다. 여행을 통해 얻은 수많은 것들로 가슴은 뜨거웠고, 내 머릿속은 이런저런 생각으로 가득했다. 심지어 내 컴퓨터의 메모리에도 6000여 장의 사진으로 가득 차 있었다. 하지만 후덥지근했던 어느 날 오후 발코니에 홀로 서서 눈앞에 있는 대나무 숲처럼 빽빽한 빌딩과 전과 다를 바 없이 공원에서 손녀와 노니는 할머니를 보고 있으니, 마치 내가 이곳을 떠난 적이 없었던 것처럼 느껴졌다.

겨울에 다녀왔던 단 한 번의 남아프리카 여행이 내 인생에 새긴 수많은 의미 때문이었을까. 나는 그해 여름 다시 그곳으로 돌아가기로 했다. 그곳에서 아무도 없는 국도를 다시 한 번 횡단하고, 끝없이 펼쳐진 초원을 다시 한 번 바라보기로 했다.

나는 이번 여행을 어떻게 공유하고, 또 내가 경험한 모든 것을 어떤 식으로 정리해야 할지 곰곰이 생각하고 고민해 봤지만 결코 쉬운 일이 아니었다. 글자로 남아프리카의 광활함을 표현하기에는 너무 한계가 있었다. 반 정도 써 내려가다 보면 계속 답답함으로 가슴이 턱 막히곤 했다. 내가 본 광경을 묘사할 수 있는 가장 적절한 단어를 찾아내지 못할까 봐 몹시 두려웠다.

결국 글을 쓰기 시작한 첫날 밤, 이런저런 생각을 마음 한편에 놓아두기로 하고 이렇게만 적었다. "여행의 진정한 묘미는 유명 관광지를 얼마나 방문했는지가 아니라, '정처 없이 떠도는 유랑의 시간을 보냈는가'에 있다." 발길 닿는 대로 이곳저곳을 거닐다 눈앞에 펼쳐진 광경에 넋을 잃거나, 좁은 골목길에서 길을 잃고 헤매다 그 지역 사람들이 무엇에 행복과 기쁨을 느끼는지 보게 되는 그 순간 당신은 자신이 원하는 삶이 어떤 삶인지 확인할 수 있을 것이다. 유랑을 시작하는 순간, 당신은 여행의 진정한 의미를 알게 될 것이다.

인생 최고의 여행은 낯선 곳에서 오래전에 잃어버린 감동을 되찾는 것이다.
홀로 길을 떠나 자유롭게, 어디든, 얽매임 없이, 배낭을 메고, 스스로 갈 수 있
는 한 멀리 떠나보라.

혼자 길을 걷다 넘어지면 도와줄 수 있는 사람이 없기에 원망도 없이 스스로
일어나 계속 걷게 된다.

상처가 아무리 아프더라도 자신만의 방법을 찾아 이겨내게 된다.

삶도 마찬가지다. 그것은 우리 스스로 신택하는 것이나.

길이 아무리 멀다 해도, 설령 넘어지고 상처받더라도 스스로 이겨내고 치유하
는 방법을 배워야 한다.

그래야 비로소 성장하는 법을 배울 수 있기 때문이다.

The course of life never did run smooth.
인생길은 영원히 평탄할 수 없다.

나에게 보내는 편지

삶에 의문을 느끼고 곰곰이 생각하다 보면 인생이란 원래 해답이 없는 문제라는 사실을 깨달을 것이다. 각자의 삶이 달라 서로 부딪히고 밀쳐낼 때도 있고, 반대로 서로 다르기에 좋아하거나 이끌릴 때도 있다. 사람마다 인생에 대한 답이 다르기에 인생이라는 문제가 의미를 갖게 된다.

우리가 어떤 길을 걷든 그 속에서 깨달음을 얻지만 너무 오래 가다 보면 왜 그 길로 가기 시작했는지 잊어버리고 힘겹고 지칠 때가 있다. 그것은 너무 멀리 갔기 때문이 아니라 너무 무거운 짐을 지고 있기 때문일 것이다. 그러나 힘겹고 지칠 때면 항상 누군가가, 혹은 어떤 일이, 아니면 어떤 목소리가 당신의 삶 속에 홀연히 나타나 버티고 견디라고 일깨워 줄 것이다. 자신이 얼마나 멀리 갈 수 있을지 아는 사람은 없다. 그러니 혹시라도 길을 잃는다면 무엇을 위해 지금까지 견뎠는지 끊임없이 스스로에게 물어보아야 한다. 포기는 견디는 것보다 조금 편할 뿐 결코 수월하지는 않다. 반대로 견디는 것은 그저 변화에 흔들리지 않으면 되기에 포기보다 훨씬 어렵다고 할 수 없다. 성장을 위해서는 거리뿐만 아니라 경험이 필요하다. 하지만 꿈을 위해서는 거리가 아닌 결정이 필요하다. 우리 삶에서 혼자 걸어가야 하는 인생의 한 구간이 있다면 혼자서라도 끝까지 걷겠다는 용감한 결정을 해보자. 인생의 절정은 꿈을 이룬 그 순간이 아니라 흔들림 없이 꿈을 향한 길을 걷는 그 과정 자체이기 때문이다. 가보지 않는 한 그곳이 얼마나 아름다운지 영원히 알 수 없지 않은가! 그러니 앞을 향해 계속 걸어가보자!

The minute you think of giving up,

think of the reason why you held on so long.

포기하고 싶은 그 순간, 왜 이곳까지 견디며 걸어왔는지 생각해보자.

Don't give up on your dreams! The beginning is always the hardest.
꿈을 포기하지 말라! 시작은 언제나 힘들기 마련이다.

우리가 기꺼이 믿고 있으니, 과감하게 저질러보자!
마음속에서 떠오르는 생각을 두려워하지 말라, 만약 그것이 꿈이라면 용감하
게 저질러보라!
사랑도 꿈도, 눈에 보이기 때문에 믿는 것이 아니라 믿기 때문에 보이는 것이다!

가방을 둘러메고 마음대로 여행을 떠나보라.
몇 년 뒤, 사진 속에 청춘이라는 두 글자가 담겨 있을 것이다.

가장 아름다운 길

"떠난 지 꽤 된 것 같은데, 타이완 쪽 일은 괜찮은 거야?" 친구가 물었다. 나는 눈앞에 펼쳐진 끝이 보이지 않는 길을 바라보며 조용히 생각에 빠졌다. 눈코 뜰 새 없이 바쁠 때는 마치 그 시간이 끝나지 않을 것처럼 느껴진다. 하지만 인생이라는 시간이 얼마나 길지 또는 얼마나 짧을지 누가 알겠는가? 만약 내일 뜻하지 않은 사고로 이 세상을 떠나게 된다면 미처 다 해보지 못한 것들 때문에 얼마나 많은 후회를 하게 되겠는가? 그러니 젊음이라는 기회가 있을 때 뭐든 할 수 있다는 패기를 밑천 삼아 번잡한 현실을 떠나자. 정신없고 복잡한 환경에서 벗어나 마음에 안정을 가져다주는 곳을 찾아 스스로를 정화시켜보자. 그곳에서 눈물이 왈칵 쏟아질 만큼 마음을 울리는 사진을 찍어 미래의 자신에게 엽서로 보내보자.

어쩌면 많은 사람이 이러한 열망을 마음속 깊은 곳에 간직한 채 눈에 띄지 않는 구석에 처박아놓는 데 익숙해진 것은 아닐까? 우리는 모진 풍파에 한때는 생명력으로 충만했지만 영혼을 잃어버린 메마른 육신에 기대어 수많은 만남과 이별을 겪은 후에 진지하게 진정한 자신을 대면하고자 한다. 그리고 그때서야 어떤 일도 시도해보지 않고 그저 먼 길을 왔음을 발견하게 된다. 이런 삶이 과연 행복할 수 있을까? 자신이 갈망하는 꿈을 하나도 이루지 못한다면 진정 자신을 위해 잘 살았다고 말할 수 있을까?

지금 당장 출발해보자! 의지만 있다면 아직 늦지 않았다.

어깨에 삶을 짊어지는 것 또한 용기지만
인생을 자신이 원하는 대로 살아가려면 더 큰 용기가 필요하다.

1년 365일 똑같은 날만 반복된다면, 과연 내가 어떤 인생을 원하는지 어찌 알
수 있겠는가?
그러니 아무것도 따지지 말고 여행을 떠나자!

여행의 의미란 무엇인가?

모두가 찾으려 애쓰지만 나 역시 아직 모호하기만 하다.

그러나 당신이 여행길에서 시선을 돌려 즐기고자 한다면, 눈앞에 펼쳐진 풍경이
어찌 이토록 감동적인지 놀라움을 경험하게 되리라 믿는다.

시선

사파리Safari로 불리는 야생동물원은 남아프리카를 찾는 관광객 대부분이 일정
에서 빠지지 않고 찾는 곳이다. 하지만 당신이 나처럼 지구에 조금이라도 보
탬이 되는 일을 하고 싶다면 야생동물원보다는 지금 소개하는 '야생동물보호
구역'을 꼭 방문해보길 바란다. 남아프리카에서 사냥은 오랜 전통이지만 최
근 몇 년 사이 상업적인 사냥이 빠르게 성장하고 있다. 이것은 주로 더 자극적
인 '오락'을 찾아 이곳으로 몰려드는 전 세계의 부유층에게 제공된다.

상업적인 사냥 시장이 확대됨에 따라 야생동물을 상대로 한 불법적인 사냥이
끊이지 않으면서 수많은 새끼동물들이 부모를 잃고 있다. 그나마 다행인 점은
야생동물보호구역에서 보호받는 동물들은 모두 새끼일 때 구조되어 전문가들
에게 세심한 보살핌을 받으며 자란다는 것이다. 구조된 동물들은 먼저 '회복
센터'에서 잠시 머물다가 심리적, 신체적으로 안정되면 울타리로 둘러싸인
보호구역으로 보내진다. 보호구역 관람을 위해 관람객이 구매하는 입장권의
모든 수익은 구조 직후 회복 센터에 머무는 어미를 잃은 어린 동물들을 위해
사용된다.

이곳에서는 보호구역에서 일하는 자원봉사자들이 모든 이야기를 세세히 들려
주어서 생명 존중 의식뿐 아니라 지구를 사랑하고 보호하는 마음도 배울 수
있다.

도시는 적막감을 두려워하게 만든다.

그래서 우리는 끊임없이 쾌락을 찾는 동시에 본연의 자신을 잊어버리게 된다.

INDIAN OCEAN

나를 만나러 가는 여행

MEES
AN DIE
AFRIKA
GULHAS
AT THE
P OF THE
AFRICA

ATLANTIC OCEAN

아프리카 최남단. 아굴라스

인터넷에서 아프리카의 최남단을 희망봉으로 소개하는 것을 쉽게 볼 수 있다. 그 이유는 아마도 희망봉이 유명한 관광지인데다 공교롭게도 케이프 반도Cape Peninsula의 끝자락에 위치하고 있어 이곳을 소개하는 사람들이 일반적으로 아프리카의 최남단이라고 이름붙이기 때문일 것이다. 하지만 아프리카의 진짜 최남단은 희망봉이 아니라 희망봉에서 약 150킬로미터 떨어져 있는 인도양과 대서양이 만나는 곳, 바로 아굴라스Agulhas다.

비록 아굴라스가 희망봉만큼 아름다운 경관을 선사하지 못할 수도 있지만 바위 위에 조용히 앉아서 거대한 아프리카 대륙의 가장 남쪽 끝에 앉아 있음을 느끼면 나와 세상이 연결되어 있다는 느낌을 받을 수 있다. 어쩌면 당신과 나를 포함한 우리 모두는 인적이 드물고 자신을 알아보는 사람이 없는 곳에서 여행하는 것을 좋아하는지도 모른다. 그 순간 비로소 자신을 제대로 대면할 수 있으니 말이다.

우리는 혼자만의 시간을 통해 여행의 진정한 의미는 바로 발견이라는 점을 깨닫게 된다. 또한 '삶'은 나를 위해 존재하는 꾸밈없고 자연스러운 것이지 누군가에게 자랑하거나 과시하기 위함이 아니라는 사실도 알게 된다. 세상을 향한 여행은 우리로 하여금 그러한 사실을 깨닫게 하고 나 자신을 알아가게 한다.

여행은 풍경을 만나기 위한
그리고 환희를 느끼기 위한 여정이다.

여행을 하다 보면 반드시 가야 하는 길이 있다. 하지만 잘못 간다고 해도 어떠한가. 적어도 더 많은 것을 보았는데 말이다.

어떤 일도 마찬가지다. 후회하지 말자.

결과가 좋으면 더없이 좋겠지만, 결과가 나쁘더라도 좋은 경험이었다고 생각하자!

여행이 즐거운 이유는 정해진 규칙이 없기 때문이다.
모든 것이 다 완벽하고 좋은 것은 아니지만, 몸과 마음 깊숙이 새기면
훗날 떠올리며 인생에서 무엇과도 바꿀 수 없는 값진 경험이 되어 있다.
바로 이것이 여행의 가장 큰 매력이리라.

여행지에서 강도를 만난 날

사람들은 첫 여행의 느낌을 잘 기억하라고 말한다. 그때가 여행 인생에서 가장 즐거운 시기이므로 그때 품었던 호기심과 순수함을 잘 간직하면 이후 여행에서도 그 마음을 유지할 수 있다고 한다. 그래서 나는 너무나도 기대했던 내 인생의 첫 여행에서 평생 잊을 수 없는 '강도'를 만났나보다. 케이프타운Cape Town에 도착하자 친구의 가족들은 현지의 치안이 열악하니 조심하라고 계속해서 신신당부했다. 친구도 좀 걱정하는 것처럼 보였지만 첫 여행을 막 시작한 나는 조금의 위험도 느낄 수 없어 어디를 가든 배낭여행객의 마음으로 여기저기 둘러보기에 바빴다. 그러던 어느 날 아침, 시내의 한 교회를 보고 나와 사람들이 많이 오가는 큰길을 따라 걸으며 미술관으로 막 발걸음을 옮기려던 때였다. 순간 나는 우리 앞쪽에 키가 190센티미터 정도의 장신에 왠지 낯익어 보이는 흑인 한 명과 그 뒤에 한패인 듯한 사람이 있다는 걸 눈치챘다. 작은 목소리로 빨리 걷자는 친구의 말에 서둘러 속도를 내려던 순간, 앞쪽에 있던 흑인이 걸음을 멈추더니 내 친구 어깨에 손을 걸치는 것이 아닌가.

순식간에 뒤에 있던 한패까지 걸어와 우리를 둘러쌌다. 키가 큰 흑인이 주머니 안쪽에 있던 칼로 친구를 겨누며 돈이 될 만한 건 다 내놓으라고 했다. 나는 뭐가 잘못된 건지 알 수가 없었지만 짐짓 침착한 척하며 친구에게 중국어로 말했다. "안 주면 안 돼?" 그러자 친구가 한마디로 대답했다. "안 주면 우리 둘 다 여기서 죽는 거야." 결국 나는 주머니에 있던 돈을 모조리 꺼내 그에게 주었다. 사실 당시에는 그렇게 크게 놀라거나 당황하지 않았지만 문제는 이후로 어디를 가든 호시탐탐 기회를 노리는 강도들이 계속 눈에 보였다는 것이다. 그 후로 나는 길에서 말을 많이 하지 않게 되었고 온 도시가 깊은 적막에 빠진 것처럼 느껴졌다.

하지만 인생에서 겪는 곤경은 종종 삶을 더욱 가치 있게 만든다. 불행을 이겨내고 두려움을 극복한다면 훗날의 역경과 고난을 이겨낼 더 큰 힘을 갖게 될 것이다. 또한 좋은 일과 나쁜 일 모두 지나고 나서 돌이켜 보면 인생에서 그 무엇과도 바꿀 수 없는 경험이었다고 생각될 것이다.

인생에 즐거워해야 할 일도 많은데 굳이 안 좋은 일에 마음을 두지 말자.
화려하게 포장되진 않았어도 인생이란 여전히 가장 감동스러운 선물이다.

내 삶에는 두 부류의 사람들이 있다. 하나는 길을 걸어가며 준비하는 사람들이고, 다른 하나는 만반의 준비를 마친 후에야 길을 나서는 사람들이다. 당연히 둘 다 장단점은 있을 것이다!

하지만 나는 삶이란 준비할 수 없는 것이기에 지금 무슨 일을 하고 있든 실수를 범하기 마련이며 그다음에 그것을 개선하는 수밖에 없다고 생각한다. 삶의 방향이 잘못되었음을 발견하고 멈춘다면 그것은 곧 한 걸음 나아간 것 아니겠는가!

무엇이든 시작하는 것만으로 옳은 길에 접어든 것이다. 천 번을 생각하고 발걸음을 내딛지 않는다면 영원히 앞으로 전진할 수 없다.

실수를 두려워하지 말라. 가끔 실패라고 하는 것들이 인생의 길에서 가장 중요한 과정이기 때문이다.

꿈을 믿으면, 꿈도 자연히 당신을 믿을 것이다.

삶 속의 기적

어느 한순간, 혹은 눈물을 흘리는 순간 스스로 어른이 되었다고 느꼈다가 세월의 시련을 겪고 난 후 어느 날 문득 어른이 된다는 것에는 용기와 강인함 이외에 어느 정도의 희생도 필요하다는 사실을 깨달은 경험이 있지 않은가? 인생 앞에서 우리는 여전히 어린아이일 뿐이다. 어쩌면 아직 성장하지 못했기에 이 세상이 우리에게 알려주고자 하는 비밀을 이해하지 못하는 것일지도 모른다. 또는 아직 어리기에 예측 가능한 삶은 무의미하다고 느끼는 것일 수도 있다. 그렇기에 우리는 삶에서 겪는 좋은 일과 나쁜 일을 두려움 없이 받아들이고 이 사회가 정의한 '성공'과 '실패'를 감내하는 수밖에 없다.

간혹 어느 단계에서 실패를 겪는다고 해서 결코 당신의 시간과 삶을 낭비한 것이 아니다. 오히려 실패가 다시 시작할 수 있는 기회를 주기 때문이다. 눈을 작게 뜨고 일부분만 바라본다면 그저 실패로 보이겠지만, 눈을 크게 뜨고 폭넓은 시각으로 바라보면 이는 인생의 한 부분에 불과하다는 사실을 깨닫게 될 것이다.

삶은 영화 스토리처럼 낭만적이지도 않고, 또 한 번뿐이기에 되돌릴 수 없다. 그렇기에 자신의 꿈을 분명하게 인지하는 것이 매우 중요하다. 자신의 꿈을 실현할 수 있다는 것은 더없이 행복한 일이다. 삶이라는 이 길 앞에서 우리는 성공을 좇기보다 꿈의 실현이라는 기적이 일어나기를 갈망해야 한다.

인생은 큰 바다와 같다. 암초에 부딪혀 흩어지는 파도가 없다면 바다 본연의
장관을 잃을지도 모른다. 만약 삶이 순탄하기만을 바란다면 우리 존재의 매력
도 사라지게 될 것이다.

진정 행복한 사람은 과거에 얽매이지 않고, 허황된 미래를 꿈꾸지 않으며, 현재만을 바라본다.

인생이 멀리 떠나는 여행이라면 그 미지의 여정에 대한 수천수만 가지의 상상도 첫 발걸음을 내딛어야 실현되는 것이다. 그 여정이 당신에게 크고 작은 변화를 가져다주더라도 삶의 방향성을 잊지 않는다면 세상은 분명 당신을 위해 길을 열어 줄 것이다.

행복과 꿈

인생의 여정에서 우리는 성장하기에 바빠서 순수함을 잃고, 돈벌이에 치여서 꿈을 잊고, 성공을 좇느라 눈앞의 풍경을 지나치고, 변명하기에 급급해 발전의 기회를 외면하고, 계획하기에 벅차 현재를 잊어버리곤 한다.

많은 사람이 행복의 가치를 "삶이 내게 무엇을 주는가"에 두고서 천편일률적으로 미래의 행복만을 좇는다. 사실 내게 속하지 않은 모든 행복은 잠시일 뿐이다. 그것은 하루 혹은 10년 동안만 지속될 수도 있다. 우리 일생은 우리 스스로 움직여야 만들어지며, 행복은 영혼의 가장 깊숙한 곳에서 자라나는 힘이기에 행복을 만들 수 있는 것은 우리 자신이다.

우리 각자에게 주어지는 삶은 단 한 번뿐이다. 다음 생이 있을지 알 수 없지만, 이번 삶을 두 번 걸을 수는 없으니 매 순간의 기억과 여정은 그 무엇과도 바꿀 수 없는 유일한 것이다. 그러니 조금 천천히 걸으며 더 많이 느껴보자. 우리가 가진 것은 시간이니 조급해하지 말자. 울퉁불퉁한 길에서 포기하고 싶은 생각이 수백 번, 수천 번 들 수도 있다. 하지만 우리를 앞으로 나아가도록 밀어주는 것은 좌절이며, 우리를 전진하도록 이끌어주는 것은 꿈이라는 사실을 절대로 잊지 말자.

때로는 일을 너무 심각하게 받아들이지 말자.
인생이라는 우주 속에서 그것은 작은 별빛에 불과하고
삶이라는 바다에서 그것은 망망대해 위에
일렁이는 작은 파도에 불과하다.
조금 더 행복해지고 싶다면, 마음을 좀 더 단순하게 하고
조금 더 편안해지고 싶다면, 삶의 욕구를 좀 더 간소화하라.
각자의 가치는 남들과 같은 부분이 아니라
다른 부분에 있다.

"아름다움에 비결이 있다면
바로 자신을 온전히 사랑하는 것이다."

사실 모든 감정은 나 스스로 만들어낸 것이다.

내면에 존재하는 많은 폭탄 역시

자신이 그것을 터뜨리도록 기준을 정해놓은 것이다.

인생에는 아직 많은 일이 기다리고 있는데,

매일 소소한 김징에 얽매인다면

스스로 자신의 세계를 위축시킬 뿐이다.

사람은 웃기 때문에 행복한 것이 아니라, 행복하기에 웃는다.

오늘 하루가 또 끝나가고 있다. 오늘이 어떠했든 웃어보자.

내일은 또 새로운 날이 시작될 것이니.

어느 나라를 여행하든 나는 언제나 낯선 사람들의 웃는 얼굴을
카메라에 담고자 한다.
그것은 행복이 이렇게 단순한 것임을 일깨워 주기 때문이다.

웃음 띤 얼굴

나는 잘 웃는 편이고 또 잘 웃는 사람을 좋아한다. 웃음은 우리 삶에서 없어
서는 안 될 것이자 전염성을 가진 감정이라 생각한다. 언제부터였는지는 몰
라도 나는 습관적으로 여행길에서 마주친 낯선 이의 웃는 모습을 카메라에
담기 시작했다. 도시의 삶에 찌든 우리는 각종 스트레스 속에서 본래의 순수
함을 잊어버리곤 한다. 심지어 진심으로 웃어본 게 언제였는지 기억나지 않
을 때도 있다.

여행길에서 수많은 사람과 아름다운 풍경을 보았더라도 결국 가장 아름다운
풍경조차도 길을 걷다 전혀 예상치 못했던 순간 우연히 보게 된 낯선 이의 웃
음에 미치지 못한다. 그 잠깐의 웃음이 행복이란 이토록 단순한 것임을 말해
준다.

내가 좋아하는 말이 있다.

"당신의 미소로 이 세상을 바꾸되 이 세상이 당신의 미소를 바꾸지 못하게
하라."

이처럼 보는 것만으로도 즐거워질 만큼 잘 웃는 사람이 되어보자!

　　나를 만나러 가는 여행

스위스에 이런 속담이 있다.

"아무리 몸을 돌려도 엉덩이는 항상 뒤에 있다."

무슨 의미일까? 당신이 뭘 하든 항상 틀렸다고 말하는 사람은 있다는 뜻이다.

이 속담을 제대로 이해한다면, 나와 다른 목소리를 들어도 실망과 분노에 마음이 흔들리지 말고 이를 자연스럽게 받아들여야 한다.

우리는 온전한 자기 자신이 되면 그뿐이다.

당신을 생각하는 사람들은 당신이 어떤 모습이든 신경 쓰지 않을 테고,

당신을 생각하지 않는 사람들은 굳이 신경 쓸 필요가 없기 때문이다.

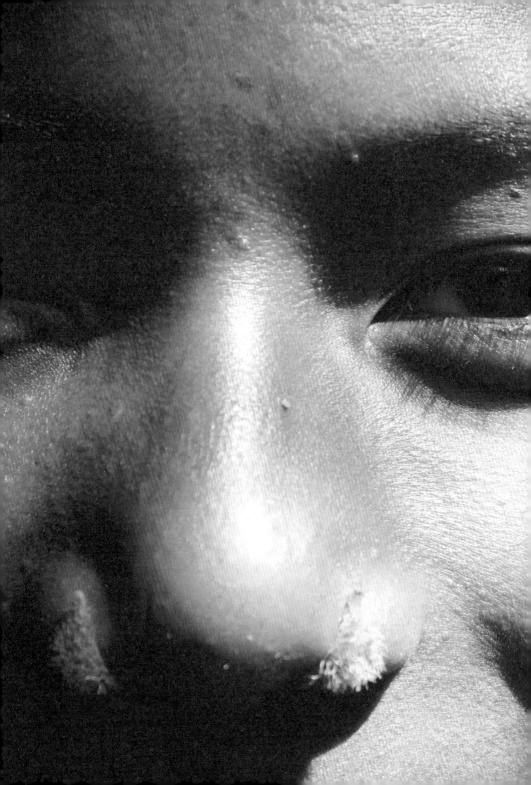

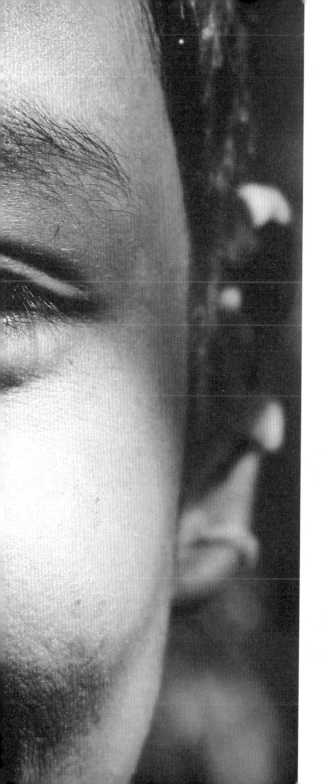

홀로 떠난 여행,
치앙마이
CHIANG MAI

행복을 좇는 나비

나를 만나러 가는 여행

여행은 마치 독약을 마시는 것과 같다.
그 유일한 해독제는 바로 떠나는 것이다!

모든 사람에게 삶은 단 한번 뿐이다.

그리니 이유 여하를 불문하고 좋아하는 일을 하고,

꿈꾸었던 곳을 가고, 도움이 필요한 사람들을 도와야 한다.

그리고 이를 인생에서 원하는 대로 사는 마지막 순간인 것처럼 생각하라.

떠나기 전에 쓴 일기

치앙마이Chiang Mai로 자원봉사를 떠나기까지 24시간도 채 남지 않았다. 내일 새벽 비행기인데 일에 쫓겨 짐도 아직 다 꾸리지 못한 상황이라 내심 기대 반 걱정 반이다. 자원봉사를 가는 것이 줄곧 내 작은 꿈이었는데 이렇게나 빨리 이루게 될 줄은 몰랐다.

"살면서 적어도 한 번은 사람이나 감정, 여행 혹은 꿈에 미쳐봐야 한다"는 말이 있다. 여행을 좋아하는 나는 여정에 더 뜻깊은 일들이 더해지기를 바란다. 의미 있는 여행이야말로 내가 항상 추구하는 바다. 인생은 멀리 떠나는 여행과 같아 완벽하게 준비할 수 없다. 평생 찾아 헤매는 인생의 해답은 사실 이 여정의 끝이 아니라 여정 속에 있다. 마음을 열어 진심으로 듣고 느낀다면 성장의 길에서 직면하게 되는 좌절과 시련을 두려워하지 않아도 된다.

그 여행이 되돌아올 수 없는 편도여행이라면 더더욱 굳건히 나아가자. 미지의 세상을 여행하다 보면 영혼 속에 잠재되어 있다가 우리를 높이 비상하도록 해 줄 힘, 바로 꿈과 행복 그리고 희망을 얻게 될 것이다. 이 힘을 바탕으로 아무도 관심두지 않는 세상의 소외된 곳에 사랑을 전달해보자.

인생에서 가장 소중한 것은
내가 소유한 물질이 아니라
바로 곁에 있는 가족과 친구들이다.
멀리 있는 것이든 가까이 있는 것이든,
내 것이 아닌 것을 맹목적으로 좇지 말라.

나를 만나러 가는 여행

Try not to become a man of success,
but rather try to become a man of values.
성공한 사람보다 가치 있는 사람이 되기 위해 노력하라.
― 아인슈타인

이 세상의 유일무이한 존재

사랑과 미움으로 가득 차 있고, 반쯤 투명한 이 세상에서 우리 모두는 공인과 관객, 이 두 가지 역할을 동시에 하고 있다고 생각한다. 공인으로서 우리가 하는 말들과 전달하는 정보, 그리고 공유하는 이야기는 누군가에게 감동을 줄 수 있다. 반대로 관객으로서 우리는 항상 공감할 만한 글귀와 이야기, 마음을 감화시키는 장면, 무엇보다 나를 이해하는 사람을 찾아 헤맨다. 이런 세상에서 당신이 빛을 발하기 위해 어떤 방식을 선택하든 한 가지 사실은 잊지 말라. 당신은 바로 당신 자신이다. 다른 이들의 평가를 염려하지 않아도 된다. 당신과 공감대를 형성할 사람은 언제나 존재하기 마련이기 때문이다. 멋지고 예쁠 필요도 없다. 존재 가치가 있는 사람이 되어 다른 사람들에게 사랑을 나누어 줄 수 있다면 충분하다. 모두에게는 자신만의 독특함이 있고, 자신이 가진 빛이 있다. 어떻게 그 빛을 발할지는 스스로에게 달려 있다. 그러니 믿자. 우리는 세상에 둘도 없는 유일무이한 존재라는 사실을.

꿈을 위해

먼 길을 떠난다.

| 나를 만나러 가는 여행

마음은 곧 우리의 날개와 같다.
당신의 마음의 크기에 따라 세계의 크기도 달라진다.

날개

여러 지역을 돌아다니며 다양한 사람들을 만나보았지만 아직까지도 잊을 수 없는 것은 마음속 진심을 고스란히 드러내 보이던 치앙마이의 산골마을 고아 아이들의 눈동자에서 느껴졌던 감동이다. 대부분의 경우 나를 속박하는 건 나를 둘러싼 환경도 아니고 다른 사람들의 이상한 시선도 아니라 사실 우리 자신이라고 생각한다. 남들이 나를 어떻게 보는지에 계속 신경 쓴다면 결국 다른 사람들의 시선의 노예가 될 뿐이다. 만약 마음의 족쇄를 끊어내지 못한다면 온 우주를 준다한들 자유를 누릴 수 없을 것이다.

사실 남들의 시선은 조금도 중요하지 않다. 진정한 가치는 우리가 스스로를 어떻게 바라보는가에 달려 있다. 그러므로 자신의 행복을 결정할 수 있는 것은 오직 당신 자신뿐이다. 만약 자기 자신을 모른다면 그 사람의 삶은 형벌이나 마찬가지다. 그러니 홀로 여행을 떠나보라!

혼자만의 시간 동안 자신의 목소리를 듣게 될 것이다. 그 목소리는 당신에게 이 세상이 당신이 상상하는 것보다 훨씬 드넓다는 사실을 말해줄 것이다. 그렇게 걷고 또 걷다 보면, 내면에 숨겨져 있던 날개를 찾아 그 누구의 제약 없이 날아오를 수 있다. 세상은 너무나도 광대하지만 우리의 인생은 너무나 짧다.

지금 삶에서 어떤 비바람 속에 있더라도 무지개가 뜨기 직전이라고 믿어야 한다.
비가 지나간 뒤 맑게 갠 하늘에는 언제나 무지개가 나타난다. 보이는가?

이 나라에는 세계 각지에서 온 꿈들이 뒤엉켜 있다. 도시 사람들은 처음의 순수함으로 돌아가길 꿈꾸고, 단조로운 삶을 사는 이들은 도시생활의 꿈을 갈망한다. 본래 우리의 삶이 행복하지 않은 것이 아니다. 그럼에도 대부분 다른 이들이 바라보는 행복을 좇다 이미 내게 온전히 존재하는 행복을 지나쳐버린다.

행복을 좇는 나비

꼬마 친구들과 이야기를 하다 긍정적인 삶에 대해 몇 마디 나누어보았다. 마음에 품고 있는 꿈이 무엇인지 아이들에게 물어보니 대개는 대도시에 정착해서 일하고 싶다고 대답했다. 가수가 되고 싶다는 아이, 최고의 댄서가 되고 싶다는 아이도 있었다. 그러다 한 아이가 던진 꿈에 대한 답이 지금까지 내 뇌리에 남아 있다. 그 아이는 이렇게 말했다. "한 마리 나비가 된다면 자유롭게 날아다니며 가보고 싶은 곳으로 날아가고 싶어요."

쉬는 시간이 되었지만 생각을 멈출 수 없었다. 치앙마이에 왔을 때 나는 도시라는 감옥에서 벗어났다고 생각했지만 이곳이 오히려 아이들의 꿈을 가둬놓는 감옥인 것일까. 아이들이 동경하는 곳은 바로 우리가 멀리 벗어나 떠나온 그 혼잡한 도시였던 것이다. 그날 오후 나는 행복과 꿈에 대해 다시 깊이 생각해보았다.

길이 아무리 멀고 멀어도, 그 길을 걷거나 뛰고 있어도, 등 뒤에 짊을 얼마를
지고 있든, 울고 싶을 땐 길을 따라 걸으며 울어야 한다. 멈출 수 없음을 알
기에……

이어폰을 끼고 혼자 여행하며 나만이 존재하는 음악의 세계로 빠져보자.
그렇게 일상에서 달갑지 않은 일들로부터 떠나보자.

지금처럼 손쉽게 정보를 얻을 수 있는 시대에는 일부러 밖으로 나가지 않는다면, 영원히 바깥세상이 얼마나 아름다운지 직접 보지 못할 것이다.

생각건대, 이것이 바로 여행의 의미가 아닐까.

유유자적의 도시

나는 치앙마이를 좋아한다. 이곳이 왜 나로 하여금 타이동台東을 떠올리게 하는지는 알 수 없다. 하지만 많은 사람의 말처럼 치앙마이는 유유자적한 곳이다. 이곳에는 사원이 많아 굉장히 고요하다. 만약 다른 시각으로 이곳을 세세하게 음미해본다면 곳곳에 그 고유한 혼이 담겨 있음을 발견할 것이다. 그 순간 대지나 꽃 한 송이, 풀 한 포기, 혹은 여행자나 승려 모두가 서로에게 존재의 의미를 지니게 된다. 모든 것이 억지로 존재하는 것이 아니라 순리인 듯 자연스러워 보인다.

때로는 운명이자 영혼의 동반자인줄 알았던 사람이 당신의 삶에서 그저 바삐 지나가는 여행자에 불과하고, 반대로 의식하지 못한 사이에 나타나 신경 쓰지 않았지만 오랫동안 당신에게 즐거움을 준 사람이 당신 삶의 한 부분을 차지하게 될 운명일 수도 있다. 그러니 마지막 순간 이 세상의 어느 곳에 가게 되더라도 지금의 용기를 기억하고 삶이 당신에게 선사하는 모든 놀라움을 마주하며 웃어야 한다.

공항에서 환승할 때마다 세계 곳곳에서 온 여행자들의 바쁜 발걸음을 분명하게 느낄 수 있다. 그 삼깐 동안은 피부색, 언어, 성별의 구분 없이 문화만이 공존한다.

어떤 길을 걷고 있든지 그 길은 깨달음의 길이다.

많은 사람이 내게 여행에서 가장 중요한 것이 무엇인지 묻는다.
사실 어떤 여행이든 우리에게 특별한 의미가 있다.
각자 길 위에서의 희로애락을 느껴야 비로소
삶에서 매 순간의 소중함을 알게 되기 때문이다.

아무도 주목하지 않았던 하루

언제부터인지는 모르겠지만 여행을 시작할 때면 항상 마음속에 수많은 감정이 싹튼다. 그 싹에 물을 주듯 여행길의 낯선 환경이 더해지면 여행이 끝날 스음 가슴속의 그 생각들이 튼튼하게 자라난다. 여행을 시작할 때 품었던 생각들을 거듭 숙고하다 보면 인생에서 여행이 갖는 단순하고 재미있는 이치를 깨닫게 된다.

여러분도 그럴지 모르겠지만 나는 여행 도중에 사람들이 바삐 오가는 거리에 서 있는 걸 좋아한다. 아무도 알아보지 못하는 그 순간을 즐기는 것은 마치 아무도 주목하지 않는 하루를 보내는 것 같다. 모든 사람이 시간에 쫓겨 분주한 발걸음을 옮기고 있는 장면을 바라보고 있노라면 오히려 마음속으로는 평온함이 느껴진다. 이 세상은 너무도 크기에 젊을 때는 항상 너무 빨리 걷고, 무엇인가를 얻기에 급급해 또다시 바쁘게 길을 떠난다. 시간이 지나서야 체험이란 과정이 가지는 의미를 이해하게 되는데 여행도 마찬가지라고 생각한다. 점차 특별한 경치나 나라에 미련을 두지 않고 잠시 발걸음을 멈추어 주변을 감상하는 법을 배우면서 내면의 영혼을 이해하게 된다. 그리고 여행이 끝나면 스스로를 다시 바라보게 된다.

어떤 일들은 혼자서 감당해야만 한다. 여행 같은 일은 혼자서 천천히 걸으며
즐겨야 또 다른 나를 찾을 수 있기 때문이다.

삶의 여정에서 우리는 좋은 것과 나쁜 것, 오고 가는 것들을 받아들이는 방법
을 배운다.

당신이 평생 동안 얼마나 받아들였는지가 곧 당신이 얼마나 얻었는지를 말해
준다.

당신이 사랑하는 사람들이 당신이 원하는 방법으로 사랑해주지 않는다고 해서 그들이 진심으로 당신을 사랑하지 않는 것은 아니다. 타인에게 마음을 열려면 자신을 내려놓아야 한다.

친구여, 여행을 떠나자!
이 세상 어디든 분명 네 마음이 평화를 찾을 수 있는 곳이 있단다.
그곳에서 세상이 네가 생각하던 것보다 네게 훨씬 많은 것을
주고 있음을 알게 될 거야.

자원봉사 여행

사실 이번에 치앙마이에 자원봉사를 오면서 아무것도 준비하지 않았다. 다만 기타 한 대를 들고 나 자신을 100퍼센트 내놓음으로써 그곳 사람들과 함께하기 위해 최선을 다했다. 또한 어린 친구들에게 긍정적인 인생관에 대해 이야기하며 그들이 꿈을 꾸고, 계속해서 자신을 믿어나가도록 격려했다. 오늘은 노래를 부르기 직전에야 어떤 노래를 부를지 정했는데, 사실 무엇을 부르고 무엇을 하는지는 그리 중요하지 않다고 생각했다.

활동이 끝나고 나서 나는 손에 걸치고 있던 액세서리를 풀어 아이들 한 명 한 명에게 채워주었다. 도시였다면 아마도 이 팔찌가 얼마고, 어디서 샀는지, 이 손목시계는 어디 브랜드인지 물었을 것이다. 하지만 나는 아이들에게 나에게 행운을 가져다준 것들이니 잘 간직해 달라고만 말했다. 아이들에게 그것들이 어디 제품인지가 뭐 그리 중요하겠는가.

물질 자체의 가치가 아니라 그것이 당신의 마음에 부여하는 가치와 의미가 가장 중요하다. 이는 사실 누구나 머릿속으로는 다 알고 있는 사실이지만 어릴 때부터 번화한 도시에서의 삶에 익숙해진 우리가 이를 실천하기란 결코 쉽지 않다.

아이들은 내가 준 선물을 하나씩 찬 후 신이 나서 서로 보여주고 나를 감싸 안고 고맙다고 말했다. 하지만 내가 꼭 하고 싶은 말이 있었다.

"얘들아, 고마워해야 할 사람은 바로 나란다. 비록 너희가 조금은 빈곤한 환경에서 살아가고, 소위 말하는 사회적 기준에 부합하는 가정도 없지만 너희의 영혼은 부유하고, 미소는 행복해 보이고, 삶은 생명력으로 충만하단다. 이런 너희의 삶에 동참할 수 있었던 나야말로 매우 영광이란다. 앞으로 우리가 서로 어떤 세상에 있든, 너희 손에 두른 팔찌를 볼 때마다 내 얼굴을 떠올려주길 바란다. 얘들아, 꿈을 향해 우리 함께 뛰어보자!"

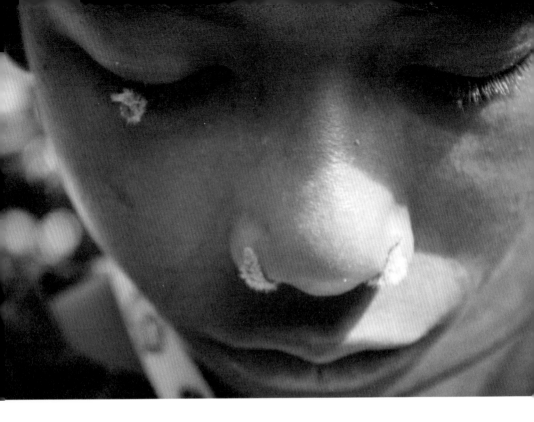

용기, 유지, 명심. 이 세 가지가 '꿈'이라는 이 글자를 간단하게, 혹은 간단하지 않게 하는 비결이다.

첫걸음을 내디딜 때는 용기가 필요하다. 길 위에 펼쳐진 풍경을 보기 위해서는 역경도 견뎌야 한다. 그리고 꿈에 그리던 곳에 도달하게 되면 첫걸음을 떼던 그날의 용기와 처음의 그 마음을 기억해야 한다.

꿈을 향한 여정을 시작했다면, 넘어져도 끝까지 가보는 거야!

눈앞에 펼쳐진 길이 아직 한참 남았음을 알기에 울음이 터지기도 하겠지만,
자신에게 답해야 한다.
어쨌든 끝까지 걸어가야만 한다고.

| 나를 만나러 가는 여행

내일이 어떨지 아무도 모른다.
삶은 본디 한바탕 광란의 여정이어서 확실한 것은 아무것도 없다.

꿈의 정의

사랑으로 가득했던 이번 여행은 정말 어제 막 다녀온 듯한 느낌이다. 타이완에 돌아온 후에도 지구는 여전히 자전하고 있고, 도시의 사람들은 여전히 바삐 생활하고 있으며, 모든 일이 예전과 마찬가지로 흘러가고 있다. 매번 여행이 끝날 때면 생기는 이런 감정이 어떨 땐 좋다가 어떨 땐 긴 한숨이 나오기도 한다. 만감이 교차해서 여행에서 보았던 풍경들을 간단하게 문자로 한 글자씩 써내려갈 수 없을 때가 있다. 그럴 때면 나는 진정한 여행의 의미는 생활에 대한 태도가 바뀌는 것이 아닐까라고 생각한다.

목적지나 체류하는 시간의 길이에 상관없이 당신이 익숙한 환경을 벗어나 낯선 세상을 탐구하고, 여태 겪어보지 못한 인생을 체험하다 보면 당장 내일 누구를 만나게 될지, 또 어떻게 대해야 할지 예상할 수가 없다. 길 위의 모든 것이 미지수다. 이것이야말로 여행이 가치 있는 가장 큰 이유라고 생각한다. 삶의 의미를 되짚어 보기 전엔 가슴 가득 꿈을 안고 출발했다고 생각했었는데 타이완에 돌아오고 나니 그들이 내게 꿈이라는 글자의 의미를 다시 새겨준 것만 같다. 원래 꿈을 안고 출발한 것이 아니라 마침내 꿈을 안고 돌아온 것이다.

다른 사람의 지도를 들고 걸어가던 삶을 멈춰야
진정한 자신의 인생이 시작된다.
친구여, 인생은 촉박하기에 더 이상 낭비할 시간이 없다네.

EVERY WEDNESDAY

famous

GOLD BAR, S CO

Listen Out

PARTY. REDEFINED.

DISCLOSURE (LIVE)
AZEALIA BANKS ▸ **TNGHT**
DUKE DUMONT ▸ **ALUNAGEORGE**
CLASSIXX ... ▸ **MIGUEL CAMPBELL**
JUST BLAZE ▸ **JOHN TALABOT**
RÜFÜS ▸ TOUCH SENSITIVE ▸ LAURA JONES

OZONE RESERVE, PERTH
SUNDAY 29TH SEPTEMBER 2013

TICKETS LISTEN-OUT.COM.AU
VERY LIMITED CAPACITY

VOLTAIR TWINS

FRIDAY 26 JULY
AMPLIFIER BAR
WITH SPECIAL GUESTS
BOYS BOYS BOYS!
GRRL PAL // JACK STIRLING
VOLTAIRTWINS.COM

di

PYR...
B IRD

AU...
@...
39...

DOOR
$15
TIX EVENT...

...K BA...
...PER...
RING PERTH
AL GIANTS
...LAUNCH
...ADS DIVINE
...ESCENT
...TUSK

8PM

*water
graves*

EP LAUNCH TOUR

AUGUST 9
THE BIRD

SACRED FLOWER UNION
RABBIT ISLAND
SPIRIT LEVEL

Onra

SUPPORTS:
KIT POP & SPEC...
GUESTS

SATURDA
20TH JUL
THE BAKE
TICKETS AVAILABLE NOW THROUGH NOWBAK

무작정 떠난 여행,
중국 · 태국 · 미국 · 호주
CHINA·THAILAND·AMERICA·AUSTRALIA

웃어봐! 이미 일어난 일이니

　나를 만나러 가는 여행

인생은 여행과 같고, 삶은 그 여정이다.

우리는 숲에 들어선 양치기처럼 길 위에서 동반자를 만나기도 하고, 다시 갈림길에서 헤어지기도 한다. 걷다 보면 성장하기에 급급해 본연의 자신을 잃어버리고, 데리고 있던 양떼는 점점 줄어든다. 운이 좋은 누군가는 양 몇 마리를 되찾아 계속 앞으로 나아가고, 누군가는 두려움에 더 큰 부담감을 짊어지며 전혀 다른 사람이 되어버린다.

길에서 얻는 것들이 반드시 영원한 것은 아니며, 길에서 잃은 것들을 반드시 되찾아야 하는 것도 아니다. 중요한 것은 고통 가운데에서도 마음과 영혼이 미소 짓도록 하는 것이다. 그래야만 잃어버린 양들을 다시 찾아 웃으며 계속 나아갈 수 있기 때문이다.

*삶은 마치 여행과도 같다. 여행길에서 우리가 무엇인가를 가지고 있었을지라도
마지막에는 가지고 갈 수 없을지 모른다. 결국 남는 것은 우주 공간의 먼지뿐……*

차를 타고서

여행 막바지에 다다를 때면 나는 항상 여행 첫날부터를 회상해보곤 한다. 그
러다 보면 길고 짧았던 모든 여행에는 항상 마지막이 오고, 울었든 웃었든 결
국에는 그 또한 지나간다는 사실을 점차 깨닫게 된다. 우리의 삶도 이와 같지
않은가?

인생은 열차를 타고 떠나는 편도여행이기에 철로를 따라 펼쳐지는 모습이 아
무리 아름다워도 한 번 지나친 역은 다시 돌아갈 수 없다. 처음에는 가족이 당
신이 나아가는 길에 동행하다가 점점 더 많은 여행자들이 당신과 같은 열차
칸에 올라타 함께 앉을 것이다. 그중에는 홀가분한 여행을 하는 사람, 깊은 슬
픔에 빠져 있는 사람, 혹은 열차 안을 여기저기 바쁘게 돌아다니는 사람이 있
을 것이다. 그리고 열차에서 내리는 여행자 중 잊을 수 없는 추억을 남기는 사
람이 있는가 하면 내렸는지조차 모르는 사람도 있을 것이다. 누가 언제 이 열
차에서 내릴지, 열차가 언제 종착역에 도착할지도 우린 알 수 없다. 행복을 터
득한다는 건 바로 열차를 타고 이 여행길에서 만난 모든 사람들을 소중히 여
기고, 아쉬움이 남지 않도록 열차 밖에 펼쳐진 아름다운 풍경을 즐기는 것이
아닐까?

길을 떠난 후 어느 정도 시간이 지나면 한 가지 사실을 깨닫게 된다. 우리는
내게 속하지 않은 것을 찾으려 원래 자신 안에 있던 행복을 잊어버리는 실수
를 범한다. 행복해 보이는 사람은 많은 것을 소유해서가 아니라 다른 사람들
과 덜 비교하기 때문에 행복한 것이다.

'기다릴게' 라는 한마디 말에 얼마나 큰 용기가 필요한지 모르겠다.
'사랑해' 라는 이 세 글자와는 비교할 수 없을 만큼의 용기를 필요로 한다.

일부러 모든 사람을 기다리지도 않겠지만 모든 사람이 기다릴 만한 가치가 있
는 것도 아니다.
하지만 어느 날 우연히 그 사람을 만나면 자연스럽게 알게 될 것이다.
원래 기다림이란 거리가 아닌 일종의 결정이라는 사실을.
사랑이 우연한 만남이라면, 행복은 자연스레 예견되는 것이다.

삶의 여정으로 향하는 이 기나긴 길에서 우리는 대부분의 시간을 무언가를 찾고, 무언가에 맞닥뜨리고, 또 무언가를 좇으며 살아간다. 그리고 시간의 세례를 받은 후에야 이 모든 것들이 우연한 만남이기에 기다릴 수도, 준비할 수도 없다는 걸 깨닫게 된다.

그리움과 사랑의 도시

1897년 독일은 기회를 틈타 칭다오靑島를 점령했다. 칭다오는 식민지로 전락했고 독일인들이 대거 칭다오로 이주했다. 그래서인지 이곳에 있으면 나도 모르게 유럽 어딘가에 있는 듯한 느낌을 받는다. 낭만으로 가득 찬 칭다오의 깨끗한 거리를 걷다 보면, 사랑하는 사람의 손을 잡고 조용히 발길 닿는 대로 걷고 싶어진다. 마음이 이끄는 대로 걷다가 덴마크 풍의 건축물 앞에서 멈춰 선 나는 매우 로맨틱한 안내문을 읽게 되었다.

'전하는 말에 따르면 1929년, 칭다오에 휴가 차 온 덴마크 왕자가 칭다오의 경치에 반해 덴마크 공주에게 이곳에서 여름 피서를 보내기를 청하려고 했다. 왕자는 칭다오 주재 덴마크 영사에게 이 별장을 지으라는 명을 내렸지만 공주는 끝내 칭다오를 한 번도 방문하지 않았고 공주루公主樓라는 이름만이 건축물과 함께 남아 있게 되었다고 한다.'

칭다오, 사랑에 빠지고 싶게 만드는 진정한 낭만의 도시다.

힘껏 뛰는 인생의 전반전에서 가장 아름다운 것은 꿈이 아니라
당신과 그 꿈을 함께 꾸는 이들이고,
천천히 걷는 인생의 후반전에서 가장 아름다운 것은
경험이 아니라 당신과 그것을 함께 추억하는 이들이다.

진정 즐길 줄 아는 사람은 설사 길을 잘못 들어섰더라도
잊지 않고 그곳의 풍경을 즐기는 사람이다.
진정 여행을 아는 사람은 실수로 길을 돌아가더라도
잊지 않고 그 순간을 느끼는 사람이다.
때로 불만을 줄이면 뜻밖의 놀라움과 즐거움을 경험할 수 있다.

여행길에 오르기 전의 우리는 마치 어린아이와 같다.
우리 앞에는 언제나 가보지 못한 길이 있고, 겪어보지 못한 즐거움이 있으며,
채 알지 못한 이야기가 있다.

행복

혼자만의 여행을 즐기는 내가 가장 선호하는 여행일정은 바로 아무런 일정도 없는 무계획의 여행이다. 어떤 거리에 도착한 후에 다음 목적지를 정하고, 길을 건넌 다음 또 다른 길목을 지나며 모든 일정을 상황에 따라 그때그때 조정하며 그곳의 일상에 가장 가까이 다가갈 수 있는 방법으로 도시 곳곳의 아름다움을 느끼는 여행을 좋아한다. 오늘은 유럽 풍의 건물이 줄지어 늘어선 칭다오를 이리저리 거닐다가 우연히 카페거리를 발견했다. 이곳에 칭다오 맥주 말고 맛 좋은 카페라테도 있었다니! 나는 이렇게 여행을 하다가 느낌 좋은 카페를 찾아 낭만 가득한 오후의 햇살을 즐기는 걸 매우 좋아한다. 햇살 사이로 행복이 내게로 오는 듯하기 때문이다. 당신도 여행 중에 카페에서 누리는 달콤한 휴식을 좋아하는가?

여행과 인생의 공통점은 리허설이 없는 생방송이라는 것이다. 그렇기에 주인
공은 언제나 바로 당신이다.

홀로 떠나는 여행은 인생의 밑거름이 되고, 친구와 함께 떠나는 여행은 평생의 추억이 된다.

나를 만나러 가는 여행

인생은 전진하는 열차와 같아 길을 따라 펼쳐지는 광경이 아무리 아름다울지라도 계속 앞으로 가야만 한다. 떠날 때에는 언젠가 다시 돌아오리라 다짐했을지 몰라도, 시간의 흐름을 거스를 수 없기에 우연히 만났던 사람들 그리고 일들과 앞으로 나아갈수록 멀어지게 된다.

사실 "또 보자"라고 말하는 사람은 싫어

여행길에서는 누구나 많은 사람을 만나 짧은 시간 동안 서로를 알게 되고 또 헤어진다. 여행이든 인생이든 마찬가지다. 혼자 여행을 하다 보면 숙박하는 곳에서 몇 명의 친구를 얻게 된다. 그 친구들은 당신과 같은 여행자일 수도 있고, 열정적으로 이방인을 반기는 현지인일 수도 있다. 이들이 여행길의 동행자가 되어 책에 소개되지 않은 맛집을 알려주거나 당신이 처한 문화적 충격을 극복하도록 도와주면서 점점 함께 어려움을 극복했다는 감정이 생기고 쉽게 얻기 힘든 우정을 나누기도 한다.

하지만 우리는 결국 여행객이기에 계속 발걸음을 옮겨야 한다는 점을 알고 있다. 그래서 나는 여행의 막바지가 다가오면 첫날부터의 기억을 떠올려본다. 그러면 시간이 길었든 짧았든 여행의 마지막 날은 항상 오고, 울고 웃었던 여행 속 이야기들도 결국에는 지나가리라는 것을 깨닫게 된다. 우리의 인생도 이와 같은 것이 아닐까? 우리의 삶이 알지 못하는 여정인 것처럼 모든 여행이 인생을 남고 있는 것은 아닐까 생각해본다. 그러니 여행이 끝나는 그날, 좋고 나빴던 모든 기억은 그 낯선 땅에 남겨두자.

삶이 즐겁지 않다고 해서 친구를 버리지 말라.

우정에서 필요한 것은 진실함이지 완벽함이 아니다.

친구가 당신에게 소홀하다고 슬퍼하지 말라.

각자 자신의 삶이 있고, 그 누구도 모든 순간을 당신과 함께할 수는 없다.

결점 없이 완벽한 우정은 없다.

서로 잘 맞는 관계는 헌신과 희생을 통해 함께 만드는 것이다.

삶과 생존은 한 끗 차이다.

당신이 즐기면 삶이 되고, 따지고 계산하면 생존이 된다.

여행에서 우리가 도전하는 것은 낯선 환경이 아니라 바로 자기 자신이다.
그리고 마지막에는 풍경이 아닌 바로 자기 자신을 보게 된다.

조우遭遇

자신을 바라보라는 말은 사실 굉장히 추상적인 말이다. 여행에서 우리는 계속해서 다양한 사람들과 조우하게 된다. 그중에는 좋은 사람, 나쁜 사람, 호감이 가는 사람, 싫은 사람, 보잘것없는 사람, 위대한 사람, 일시적이거나 오랜 관계를 맺게 되는 사람들이 있을 수 있다. 그들은 당신을 도와줄 수도, 반대로 상처를 줄 수도 있다. 그럼에도 그들이 당신의 삶속에 끼어들었다는 건 어쩌면 각각의 이유가 있을 텐데, 그 이유를 찾아내는 것은 당신에게 달려 있다. 어느 날 오후 나는 식당에 밥을 먹으러 갔다. 아홉 살 정도 되어 보이는 동작이 재빠른 남자아이가 주문을 받았다. 그 아이와 말을 많이 주고받지는 않았지만 말하는 투가 마치 어른 같았다. 내가 사진을 몇 장 찍어주어서 그런지 아이는 이내 부끄러워했다. 주문한 요리를 테이블로 서빙한 뒤 계산대로 돌아간 아이는 조용히 고개를 돌려 나를 한 번 바라보았다.

그런데 그 아이의 그러한 행동이 내게 작은 감동을 주었다. 지난 주일에 타이베이의 한 맥도널드에 앉아 주변에 즐겁게 햄버거를 먹던 아이들을 지켜보던 일이 생각났다. 식당의 아이와 비교해보면 우리는 얼마나 많은 것을 누리는가. 짧은 순간이었지만 나는 작은 소년을 바라보면서 나 자신을 바라보게 되었다. 자기 자신과 새삼 조우하게 되는 그 순간이야말로 가장 가치 있는 만남이 아닐까. 그러니 어떤 사람과 만나게 되든, 또 어떤 감정에 빠지게 되든 사람과 감정 그리고 선함의 존재를 믿어야 한다는 것을, 밝고 강인하고 따뜻한 마음으로 살아가야 한다는 것을 기억하자. 독립적이고 굳세고, 용감하고 아름답게 살아가기 위해서는 자신의 선한 마음을 계속해서 유지하는 것이 가장 중요하다. 길에서 무수히 많은 그들을 만났기 때문에 바로 지금의 당신이 존재할 수 있으니 말이다.

Don't be afraid of the dark. Only in the darkness can you see the starts.

삶이 어두워진다고 두려워하지 말라.

어두운 곳에서야 비로소 가장 빛나는 별을 볼 수 있다.

— 마틴 루터 킹 주니어

만약 어느 날 더 이상 행복하지 않다고 느낀다면, 여행을 떠나보자!
길을 따라 펼쳐지는 풍경과 경험이 당신에게 행복의 비밀을 알려줄 것이다.

여행은 책과 같아 여정에서 천천히 음미하며 읽어야 한다. 알지 못하기에 호기심이 생기고, 호기심 때문에 즐거워진다. 길에서 보고 들은 것은 모두 마음의 토양에 심어야 한다. 좋은 것이든 나쁜 것이든 거기에서 싹을 틔우고 자라날 것이다. 그리고 마지막에 당신이 보게 될 세상은 당신이 키우고 가꾼 바로 그 숲이다.

무작정 떠나다

4년 전 어느 날 오후, 기회가 찾아왔다. 회사에서 내게 미국행을 권한 것이다. 준비도 많이 못한 채 비자가 나오자마자 캐리어 하나와 기타 하나만 들고 어깨를 들썩이며 미국 유랑길에 뛰어들었다. 떠나서 몇 달을 머물렀으니 아마 내 인생에서 가장 자유로웠던 무작정 떠난 여행이 아니었나 싶다. 미국은 내가 평소에 세워둔 인생의 여행계획에서 그리 높은 순위가 아니었기에 평소에 자료를 많이 찾아보지 않았던 곳이다. 덕분에 여행을 하는 동안 내가 직접 보고 접한 모든 것들이 그동안 미국에 대해 갖고 있던 나의 고정관념을 깨트려주면서 이 낯선 도시가 내게 선사하는 즐거움을 계속해서 발견하게 되었다. 여행을 가기 전에 우리는 보통 무의식적으로 '편견'에 사로잡혀 자기가 생각하고 싶은 대로 그 나라의 모습을 떠올리게 된다. 과도한 여행광고와 정보들이 우리의 머릿속을 어지럽혀 놓기 때문이다. 그러니 마음속에 그렸던 그 나라에 대한 모습을 '리셋reset'하고 당신이 느끼는 모든 것을 그대로 받아들여보라. 그 느낌이야말로 당신이 마음속에 담아야 하는 그 나라의 진정한 모습이기 때문이다. 미국에 머무는 오랜 시간 동안 나도 내 방식으로 캘리포니아California를 사랑하기 시작했다. 캘리포니아와 관련된 수많은 추억을 다 늘기 위해선 아주 많은 시간이 필요할 것이다.

먼 훗날 이 세상 어디에서 살고 있든지
그저 전과 다름없이 강인했으면 좋겠다.
만일 잠시 동안 다시금 웃어야 할 이유를 찾지 못한다면, 발걸음을 늦추고 이
세상을 즐겨보자.
웃음이 당신을 찾아오고 있는 중일지도 모르니 말이다.

사실 많은 일이 남에게 물어본들 정답은 없다.

넓게 생각하면 자연스럽게 웃게 되고, 내려놓으면 자연스럽게 의식하지 않게 되고, 이해하면 자연스럽게 받아들이게 된다.

누군가를 사랑하는지 본인 스스로는 알고 있다.

그토록 애매모호한 답이 아니더라도, 어떤 이가 당신을 사랑하는지 아닌지, 당신에게 마음을 쓰는지 안 쓰는지는 당신이 더 잘 느낄 것이다. 그러니 스스로를 속이거나 스스로에게 강요하지 말라.

다른 사람을 놓아주는 것은 자신을 놓아주는 것과 같다. 자신을 놓아주면 온 세상을 얻게 되고, 놓아주지 못하면 온 세상을 잃을 뿐이다.

Love is not cruelty. Just for it we are too fragile.

사랑은 잔인하지 않다. 그저 우리가 사랑 앞에 나약할 뿐.

사랑을 믿으라

사랑 앞에서 우리는 아직 어린아이다. 미처 다 자라지 못했기에 사랑하고 사랑받는 법을 알지 못한다. 평생 동안 수많은 사랑을 할 수도 있지만 때로는 치유할 수 없는 상처를 받기도 한다. 질투와 의심이 싹튼 사랑은 이미 '죽음'을 향해 가고 있는 관계나 마찬가지다. 설령 운 좋게 이 죽음에서 살아남는다 해도 가슴속 어딘가에 평생 생채기가 남을지도 모른다. 그래서인지 우리는 세상이 변함에 따라 각자 자기만의 사랑법을 찾고 그에 따라 제각각의 높이로 마음의 벽을 만든다.

사랑에 옳고 그름이 없음을 우리 모두 알고 있다. 매정한 사람은 다른 이에게 상처 주는 것을 선택할 것이고, 마음 약한 사람은 스스로에게 상처 주기를 선택할 것이다. 하지만 누군가 상처받는다는 사실은 변함이 없다. 우리가 너무 어리석고 충동적이어서 경험이라는 대가를 지불하는 것일까. 종종 무엇인가를 잃고 나서야 진정으로 그 소중함이 느껴지듯, 어쩌면 우리는 실연의 순간 사랑을 이해하게 될지도 모른다.

짧은 인생에서 무조건적인 사랑을 할 날이 얼마나 될지 스스로에서 물어보자. 어느 날 어떤 이유로 모든 것을 상실하게 될지도 모른다. 이렇게 넓은 세상에서 일면식조차 없던 두 사람이 우연하게 만날 수 있는 것은 바로 인연이기 때문이다. 밤하늘의 별만큼이나 많은 사람들 속에서 사랑하는 사람과 함께할 수 있다는 건 절대 쉬운 일이 아니다. 만약 사랑 때문에 상처받거나 사랑하는 사람을 떠나보낸 적이 있다면 이 모든 순간을 소중히 여겨야 한다. 완벽한 인생을 기대하기보다 최선을 다하고 나머지는 운명에 맡겨보자. 언젠가 당신의 짝이 당신의 세상을 더 의미 있게 만들고, 당신은 그 사람의 삶에서 가장 중요한 사람이 될 것이다.

당신이 어떤 사람이냐에 따라 그런 사람들을 매료시킬 수 있다.
그렇기에 당신은 더욱 행복해져야 한다.
잘 웃는 사람이 된다면, 남을 즐겁게 해주는 사람과 당신이 마주했을 때
더더욱 즐거워질 것이다.

사랑은 말을 할 수도 들을 수도 없지만, 당신이 그것에 가까워지면 자연스레
느낄 수 있다!

Don't cry because it's over. Smile because it happened.
끝났다고 울지 밀고 그 일이 있었다는 것에 웃어라.
— 수스*Seuss* 박사

웃어봐! 이미 일어난 일을 위해

나는 사람들이 흔히 말하는 '운명의 상대'는 세상에 없다고 생각한다. 단지 지금 느끼는 감정에 대한 두 사람의 진심 어린 마음이 서로를 내 인생의 운명적 사람으로 만드는 것이라 생각한다. 50점의 두 사람이 만나 하나의 100점을 만드는 것이지, 처음부터 100점짜리 반쪽은 존재하지 않는다고 생각한다. 물론 완벽한 반쪽의 존재를 부정하거나 기다리지 말라는 뜻이 아니다. 사랑이란 함께 행복을 만들어가는 것이지, 찬란한 순간이 오기만을 기다리다가 마주하는 것이 아니기 때문이다. 나 역시 누군가를 운명의 상대라고 생각했던 적이 있다. 하지만 스스로 압박할수록 더 안 좋은 결말을 맞이하고 만다. 운명의 상대라 여겼을지라도 결국 시간이 지나고 나면 나의 의지와 상관없이 시간은 이별의 슬픈 기억을 지워주고, 몸부림치며 거부해봤자 시간이 지나간 자리에는 사랑했던 추억만 남게 된다. 그렇기에 지금 흐르는 눈물은 괴로움이 아닌 깨달음이다. 그러니 웃어보자. 이미 일어난 일을 위해.

바쁘고, 피곤하고, 잘해줘야 하니까, 아니면 잘 안 맞아서⋯⋯.

사랑하지 않게 되었을 때의 이유는 수없이 많다.

하지만 사랑에 빠질 때는 딱 한 가지 이유 때문이다.

함께 있고 싶어서⋯⋯.

즉, 당신을 진정으로 사랑하는 사람은 절대 당신을 떠나지 않는다.

설령 사랑을 포기하게 만드는 수만 가지 이유가 있다 해도 당신을 계속 사랑
해야 할 단 한 가지 이유를 언제나 찾아낼 것이기 때문이다.

자책할 필요는 없다. 날 사랑하지 않아 떠난다면 기꺼이 떠나보내고 홀로 있
는 것이 낫다. 사랑을 이어가야 할 수만 가지 이유를 찾느니 나를 더 사랑해야
하는 이유 한 가지를 찾는 게 나으니까.

삶의 여정을 걸으며 꿈이든 사랑이든 그것이 변한다고 두려워하지 말라. 진정으로 두려워해야 할 것은 익숙해지는 것이다.

여행을 떠나기 전의 우리는 어린아이와 같다. 가보지 못한 길이 있고, 겪어보지 못한 즐거움이 있으며, 채 알지 못한 이야기가 있다.

여행의 가치

요즘같이 앉은 자리에서 손쉽게 최신 정보를 얻을 수 있는 정보의 시대에는 다음 여행지에 관해 훤하게 알 수가 있다. 하지만 인터넷 검색을 하거나 친구들과 정보를 공유하다 보면 점차 가고 싶은 나라에 대해 '고정관념'을 만들어내고 여행의 '기준'을 설정하게 된다. 세계적인 쇼핑 관광지 홍콩을 예로 들어보자.

홍콩을 가기 전에 친구들에게 이런 이야기를 자주 들었다. "홍콩? 지루하지 않아? 쇼핑이나 맛집 투어 말고는 할 게 없잖아.", "그 레스토랑을 안 가봤으면 홍콩을 갔다 왔다고 할 수 없지.", "안 되지. 홍콩까지 가서 빅토리아 하버 Victoria Harbour 유람선에서 야경 구경을 안 한다는 것은."

친구들이 말해준 대로만 받아들인다면 다른 사람의 지도를 들고 그 도시를 구경하는 것과 다를 바 없다. 그들 말대로 홍콩을 한 바퀴 돌아본다면 여행의 값어치는 채울 수 있을지라도 가장 순수한 여행의 의미는 잊어버리게 된다.

많이 고민하고, 많이 생각하고, 많이 듣고, 많이 보고, 말을 아끼고, 신중하게
행동하는 것.
이런 행동의 장점은 후회를 덜 하게 된다는 것이다.

It's up to you what your world looks like.

세상이 어떤 모습으로 보일지는 전적으로 당신에게 달려 있다.

이 세상에는 수만 가지 목소리가 있어 끝까지 단순함을 유지할 수 있는 사람은 없다. 다만 당신의 선한 마음만은 끝까지 지키길 바란다. 세상이 당신에게 따뜻하게 대해줄 수 있도록.

당신의 전부를 헌신하라

나는 때로 듣기 싫은 소리를 듣더라도 스스로 즐기는 법을 배우고 진정한 자신을 드러내자고 스스로에게 다짐한다. 우리 모두는 완벽하지 않지만 완벽하지 않은 자신을 받아들여야 한다. 인생은 길지 않다. 그러니 자신에게 좀 더 잘해주자. 자기 자신이 된다는 것은 가장 아름답고 용감한 일이기 때문이다.

우정을 만들고 지속시키는 것은 외적 요인이 아닌 내적 요인에서 비롯된다.
우정은 교환이 아닌 인정에서,
용인이 아닌 이해에서,
계산이 아닌 진심에서 비롯된다.

인생은 언제나 당신에게 답을 주지만, 모든 정답을 한 번에 알려주지 않는다. 인생의 달고 쓴 맛을 모두 맛볼 때 완벽한 삶을 살 수 있기 때문이다. 설령 가진 게 아무것도 없다 해도 누구나 '선택'할 수 있는 기회는 갖고 있다. 우리 모두는 완벽하지 않기에 나뿐만 아니라 다른 이들도 완벽하지 않음을 받아들여야 한다.

불완전함 속의 완벽함

내가 좋아하는 영화 〈굿 윌 헌팅Good Will Hunting〉에 이런 대사가 있다. "그녀는 완벽하지 않아. 너도 마찬가지야. 사람들은 완벽하지 않은 걸 나쁘다고 생각해. 하지만 실제로 불완전한 건 좋은 거야. 그 불완전함이 어떤 사람을 너의 세계로 들여보낼지 결정해주거든. 완벽하지 않은 두 사람의 조합이야말로 가장 완벽한 거야."

완벽한 관계를 찾기란 불가능에 가깝다. 사람들은 완벽하지 않은 자신 대신 상대의 완벽함을 추구하기 때문이다. 아쉬움이 있기에 행복이 무엇인지 알게 되는데, 반대로 만약 아쉬움이 없다면 아무리 많은 행복을 줘도 그 행복을 느끼지 못할 것이다. 삶 속에서 일어나는 모든 것이 이와 같다.

어떤 일이 일어났을 때 그 문제를 대면하여 해결하지 않으면 결국 똑같은 문제가 당신 주변을 한 바퀴 빙 돈 다음 다시 돌아올 것이다. 당신이 그 문제를 체득할 때까지 한 번, 또 한 번 반복해서 부딪히게 된다. 인생 또한 이런 배움의 과정이기에 어떤 방식을 통해서든 당신에게 깨달음을 가져다준다. 이 세상에 완벽한 사람은 없다. 그러니 우리는 항상 최선을 다하면 된다. 상대방의 불완전함을 포용함으로써 불완전함 속의 완벽함을 깨닫게 되기 때문이다.

당신이 배운 모든 것, 당신이 겪은 모든 고난은
당신 인생의 어느 순간에 유용하게 사용될 것이다.
— F. 스콧 피츠제럴드

그러니 지금 이 순간이 아무리 혼란스럽더라도 죽을힘을 다해 견뎌보라.
그러면 어느 해, 어느 순간에 인생에서 그 무엇도 두려워하지 않는 힘이 생겨
이 모든 것을 돌이켜보며 '그럴 만한 가치가 있었시' 라고
웃으며 이야기하게 될 것이다.

당신의 그 사람을 만나게 되면 인생이 얼마나 짧은지 느끼게 될 것이다.

그러니 반드시 그 사람을 소중히 여겨야 한다.

다음 생애에 다시 만날지 장담할 수 없으니.

인생은 거리가 아니라 일종의 결정이다.

여행길을 걷는 우리는 퍼즐판 위에 독특하게 생긴 작은 퍼즐 조각과 같다.

혼자 있을 때는 지나치는 나그네처럼 보이지만

낯선 나라에 융합할 때 결코 없어선 안 되는 작은 퍼즐 조각이다.

낯선 이들은 이미 익숙해져버린 나 자신을 다시 돌아보게 한다.

그러니 여행을 떠나보자!

길거리 탐방

이번 호주 여행은 사실 일 때문이었는데, '웃음'이 일상의 삶을 어떻게 바꿀수 있는가에 대해 외국 사례를 인터뷰하는 흥미로운 작업이었다. '웃음의 전염'이라는 기획하에 촬영을 위해 호주에 머무는 동안 그곳의 길거리를 계속이리저리 돌아다녔다. 아무나 지나가는 사람과 인터뷰를 해야 했기에 작업을 진행하면서 많은 좌절을 경험했고 한때는 포기하고 싶은 마음이 굴뚝같았지만 길거리에서 인터뷰에 응해주는 사람들에게 "Hi! We come from Taiwan!"이라고 멘트를 하면서 타이완의 결의를 세계에 보여주고 싶었다. 당시 타이완에 경악스럽고 좋지 않은 일련의 사건들이 발생해 나도 분노를 함께 표출하고 싶었지만 이미 많은 사람들이 정의를 위해 목소리를 내고 있는 만큼 균형이 필요하지 않을까 생각했다. 그렇기에 만약 즐거움과 웃음이 전염되는 것이라면 더욱 꿋꿋하게 이 작업을 진행해야겠다고 결심했다. 이시대를 살고 있는 우리가 어떤 위대한 인물은 아닐지 모르지만 열심히 자신의 꿈을 추구한다면 위대한 자신을 만들 수 있다. 완벽한 인생을 살 수는 없지만 최선을 다하고 그다음은 운명에 맡겨보자.

Ready for a Change?
Start with Smile

Ready for a Change?
Start with Smile

Ready for a Change?
Start with Smile

Ready for a Change?
Start with Smile

Ready for a Change?
Start with Smile

Ready for a Change?
Start with Smile

Ready for a Change?
Start with Smile

Ready for a Change?
Start with Smile

Be the change you want to see in the world.

불만을 품기보다 차라리 당신이 꿈꾸는 그 변화 자체가 되라.

— 마하트마 간디

만약 밖으로 발을 내딛지 않는다면
외부 세상이 얼마나 아름다운지
영원히 알지 못할 것이다.
이것이야말로 진정한 여행의 의미이리라.

다음은 내가 제일 좋아하는 말이다.

"살면서 적어도 두 번은 충동적으로 행동하라.
뜨거운 사랑에 한 번, 무작정 떠나는 여행에 또 한 번!"

출발해보자! 무작정 떠나는 여행!

이따금씩 아무런 준비도 없이 여정에 나선 후 아이마냥 갈림길에 서서 어느 쪽으로 갈까 고민하곤 한다. 우리의 인생도 이와 같아 삶이란 길에서 발생하는 우연에 대해 완벽하게 대비하기란 불가능할지도 모른다. 우연을 쉽게 말할 수는 있지만 항상 아무런 기척 없이, 끊임없이 우리 인생길에 불쑥불쑥 나타난다. 우리는 일상을 살며 수많은 원인을 찾아내 내게 발생할 수 있는 모든 가능성을 밀어낸다. 하지만 시도해보지 않는다면 가능성은 그저 영원히 '가능성'에만 머무를 뿐이지 않은가? 물론 지금 이 책을 읽고 있는 당신은 이미 겁 없는 젊은 시절을 보내고서 아쉬움 없이 가슴을 두드리며 "나는 청춘을 헛되이 보내지 않았어"라고 할지도 모르겠다.

때로 모든 것을 내려놓고 출발하지 않으면 다시는 떠날 수 없을지도 모른다. 꿈을 이루는 길은 작은 충동으로 시작되기 마련이며 '출발'은 언제나 아름다운 일이다. 의지가 있다면 반드시 이루어질 수 있지만 그 첫걸음을 내딛지 않는다면 어디에도 갈 수 없다. 그러니 출발해보자! 항상 똑같은 관점에 사로잡혀 있던 자신에게서 벗어나 다른 삶을 느껴보고, 일찍이 꿈꿔왔던 아름다운 풍경을 발견해보자!

무작정 떠나는 여행을 위하여!

Remember, if you never act, you will never know for sure.

영원히 행동하지 않는다면 영원히 확실히 알 수 없음을 기억하라.

용기를 내어 당당하게 전진하라, 기회는 다음의 1초에 있을지도 모른다.

우리는 언제나 가장 깊은 절망 속에서야 비로소 가장 아름다운 풍경을 볼 수 있다.

앞에 펼쳐신 길은 여전히 멀지만 앞으로 계속 걸어가야 한다.

끝까지 견디고 걸어야 세상에 당신의 목소리를 들려줄 수 있기 때문이다.

행복은 형태가 아닌 마음가짐이고, 즐거움은 상태가 아닌 마음가짐이다.
젊음은 자태가 아니라 마음가짐이고, 미소는 표정이 아니라 마음가짐이다.

이렇게 해보는 것은 어떤가?

여행지마다 짬짬의 시간을 내어 편안한 카페에서 엽서를 써보는 거다.

그리운 사람에게 한 장, 나에게 또 한 장.

엽서

도시에 파묻혀 사는 우리는 강한 척하는 가면을 쓰는 데 익숙해져 있다. 그 가면 속에서 우리는 이미 작은 위로 한마디에 울음을 터뜨렸던 자신을 잊어버리고, 하늘 위에 새겨진 무지개를 우연히 보고서 미소 짓던 자신의 모습도 더 이상 떠올리지 못한다. 많은 사람이 여행 자체가 또 다른 자신을 찾는 과정이라고 생각한다. 하지만 발걸음을 늦추고 길을 걷다 보면 그저 자신이 누구였는지 떠올려보기만 하면 된다는 것을 알게 될 것이다. 지금 어떤 길을 걷고 어떤 풍경에 감동을 받든지 그 느낌을 잊지 말라. 그리고 지금부터 다른 나라를 여행할 때마다 나를 잊어버린 나에게 엽서를 써보자.

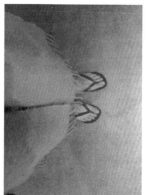

어떤 일에 직면하면 문제의 본질을 들여다봐야 한다는 것을 잊지 말라. 문제
의 겉만 살펴보면 답을 찾을 수 없다.
어쩌면 능력은 최선을 다해야 발휘할 수 있는 것이지만, 태도는 스스로 결정
하는 것이다!

혼자 떠나는 여행의 의미는 잊고 있었던 일들을 떠올리게 하고, 잊어야 하는 일들은 그만 잊게 하는 데 있다.

용기

많은 사람이 무작정 떠나는 여행을 꿈꾸며 어디에도 속박되지 않는 배낭여행객이 되어 훌쩍 여행을 떠나고 싶어 한다. 하지만 막상 행동에 옮기려고 준비하기 시작하면 즉시 여러 가지 핑계거리가 나타난다. 돈이 없어서, 시간이 없어서, 일이 바쁘니 다음에 가야지, 돈이 모자라니 좀 더 모아서 가야지 등등. 그렇게 시간이 지나버리면 열정도 사그라들고 여행에 대한 마음은 결국 아쉬움으로 남는다. 많은 일들이 이와 비슷하다. 만약 진심으로 하고 싶어 한다면 어떤 핑계도 찾지 못할 것이다. 여행을 결정하고 첫 걸음을 내디뎠다면 당신은 이미 가장 어려운 부분을 이뤄낸 셈이다. 사실 이 첫 걸음까지 아주 조금의 용기만 내면 되는데 많은 사람이 "혼자서 여행하려면 아주 용감해야죠"라고 말한다. 그러나 미지의 여정에 발을 딛다 보면 낯선 나라에서 점차 깨닫게 될 것이다. 어쩌면 '용기'라는 건 이 알 수 없는 여정에서 만난 갑작스러운 소나기, 이른 아침 마주친 사모예드 강아지, 붉게 노을 지는 석양, 맛있는 음식, 만나 본 적 없었던 낯선 사람들이 주는 것이라는 걸 말이다.

나를 만나러 가는 여행

우리는 다른 누군가가 될 수는 없겠지만, 다른 사람의 장점을 배우도록 노력해야 한다는 점은 항상 기억해야 한다. 그를 모방하며 배우는 과정에서야 비로소 자신의 가치와 의미를 발견하는 법을 알게 된다. 우리는 누구나 사람과 환경, 감정에 대해 불평불만을 갖지만 당신도 나처럼 그 원망을 긍정의 에너지로 바꿀 수 있기를 바란다. 그것이야말로 삶에 대한 최고의 선물이 될 것이라 생각한다.

당신이 내려놓는 그 언젠가가 바로 자유로워질 때이다.

내려놓음

매번 방콕에 도착하면 종교적인 색채가 짙게 느껴지면서 열여덟 살 즈음 한 선배가 들려준 이야기가 자연스럽게 떠오른다. 여태껏 내가 가슴속에 간직한 이야기인데 내용은 이렇다. 한 노승이 젊은 승려를 데리고 강을 건너려다 강가에서 젊은 여자가 어떻게 강을 건너야 할지 몰라 쩔쩔매고 있는 걸 보게 되었다. 노승은 두말없이 여자를 업고 강을 건넌 후 바로 여자를 내려놓고 길을 떠났다. 그 뒤를 따르던 젊은 승려는 이리저리 생각해보았지만 큰스님의 행동이 이해되지 않아 매우 답답했다. 결국 산을 넘어가며 젊은 승려는 참다못해 스승에게 질문을 했다. "우리는 출가인이고, 사부님께서는 항상 제게 여색을 멀리하라 하셨으면서 아까는 어찌하여 그 여인을 업으신 겁니까?" 노승이 오히려 의아해하며 말했다. "나는 이미 그 여인을 내려놓았는데, 너는 어찌하여 아직까지 업고 있는 것이냐?"

어떤 일을 맞닥뜨릴 때면 항상 이 이야기를 생각하게 되는데 이런 사유방식을 오래 유지하다 보니 어느새 습관이 되었다. 사실 이 이야기가 담고 있는 작은 이치는 우리도 충분히 알고 있다. 어떤 일의 표면적인 부분만 보고 내내 마음을 졸인다면 가장 고통스러운 건 바로 자기 자신이다. 그러니 당신이 내려놓는 그 언젠가가 바로 자유로워질 때가 아니겠는가?

당신이 무엇을 하든 분명 그에 대해 의견을 내는 사람이 있을 것이다.
그렇다면 그냥 그가 말하게 내버려두라!:
당신의 행동이 마음에 드는 사람은 당신을 좋아할 테고,
당신의 행동이 마음에 들지 않는 사람은 어찌해도
당신을 좋아하지 않을 테니 말이다.

일상으로의 여행, 타이완
TAIWAN
고개를 45도로 들어 바라본 하늘

우리는 종종 아주 사소한 것들에서 즐거움을 누릴 수 있다.

버스를 타고 출근하는 작은 일로도 행복을 느낄 수 있다.

살면서 내 뜻대로 하고 싶은 일을 하고 있다면

이미 충분히 만족할 만하다.

행복은 우리가 누구이고, 무엇을 소유하는가보다

자신을 어떻게 바라보는가에 달려 있다.

이 세상 어느 곳이나 그곳만의 아름다움이 존재하며,
당신이 발견해주길 기다리고 있다.

고개를 45도로 들어 바라본 하늘

지금 당신이 이 세상 어느 곳에 있는지는 모르지만 혹시 쉴 새 없이 돌아가는 바쁜 일상 속에서 숨 쉴 만한 곳을 찾고 있지는 않은가? 혹은 다음 목적지에 도착하기 위해 도시의 거리를 바삐 걷고 있지는 않은가? 4년 전 아버지가 병을 얻으셔서 내 일상에 변화가 생긴 뒤로 나는 여행 시간이 줄면서 내 삶의 속도를 조금 늦춰보기로 했다.

어느 날, 익숙한 길을 따라 걷다가 문득 한 번도 그 길을 자세히 살펴본 적이 없음을 깨달았다. 나에게 그 길은 그저 어떤 하나의 '인상'으로만 남아 있었다. 잘 알고 익숙하다고 생각했던 곳이 실제로는 한 번도 진지하게 바라본 적조차 없었던 곳이었다. 본래 일상이란 이렇게 의식하지 못한 사이 발견의 기회조차 놓치게 되나보다. 그래서 나는 일상 속으로 떠나는 여행을 배우기 시작했다. 이전에는 지나쳤던 여행길의 정류장도 아름다운 우연한 만남으로 영원히 남을 것이다. 이따금 밖으로 나가 고개를 살짝 들어 하늘을 바라보라. 어쩌면 아름다운 장면을 마주하게 될지 모른다. 기억하라. 일상에 한 줄기 숨결을 선사한다면 삶은 당신에게 생각지도 못한 경치를 선사해주리라는 사실을.

인생에는 오직 한 가지 영웅주의만이 존재한다.
바로 인생의 실상을 분명히 알고 난 이후에도
여전히 삶을 사랑하는 것이다.

— 로맹 롤랑

꿈을 좇는 모든 사람은 침묵의 세월, 본인만이 알 수 있는 날들을 보내며
때로는 인고의 노력을, 때로는 깊은 고독과 적막을 감내한다.
꿈으로 가는 그 길에 들어서면, 그 끝은 더 멀게 느껴지고,
얼마간의 시간이 흐른 후에도 여전히 같은 느낌일 것이다.
뒤돌아보면 비로소 스스로 얼마나 멀리 지나왔는지 알 수 있지만
이 또한 자기 자신만 알 수 있다.
훗날 그 꿈의 길을 이야기하는 시간이 되면 자신조차 감동하는 순간이 될 것
이다.

세상에서 가장 아름다운 길은 집으로 돌아가는 길이다.

집으로 돌아가는 길

나는 타이동에서 태어나 어릴 때부터 시골에서 자란 행복한 아이였다. 그래서 인지 어느 나라를 가든, 어느 도시를 가든 내게 가장 따스한 풍경은 언제나 기차를 타고 집으로 돌아가는 길이다. 때문에 나는 시간이 나면 어떻게 해서든지 기차를 탄다. 타이완에서나 다른 나라에서도 기차를 탄다는 것은 나에게 여행에서 가장 낭만적인 일이다. 기찻길을 따라 보이는 풍경을 보면 마치 영혼의 여행을 떠나는 듯하다.

짧은 시간이나마 가려고 했던 목적지를 기억에서 지우고 마음과 눈으로 길가에 펼쳐진 풍경을 느끼고 그때의 마음을 기억에 새겨보자. 생각해보라. 인생이라는 여정에서 길 위에 흘러가는 풍경을 조용하게 감상하는 사람이 얼마나 있겠는가. 길 위에서 우리가 놓쳤던 것은 무엇이었을까? 가능하다면 우리가 자유롭게 움직일 수 있을 때 '꿈' 이라는 것을 따라 가고 싶은 곳으로 떠나 하고 싶은 일을 해보자. 지금 당장 떠나보자. 나에겐 여행에 관한 변치 않는 신념이 있다. 기차를 타고 게스트하우스에서 숙식을 해결하더라도 길 위의 즐거움을 누리고 펼쳐진 풍경을 바라보는 여유를 즐기는 것이다.

Nobody can go back and start a new beginning,

but anyone can start today and make a new ending.

누구도 과거로 돌아가 처음부터 다시 시작할 수 없지만,

누구든 오늘부터 새로 시작해 완전히 새로운 결말을 만들 수 있다.

— 마리아 로빈슨

여행길이 아무리 멀지라도 첫발을 내디뎌 시작해야 한다.

사랑에는 여러 가지 방식이 있다. 우리는 성장하면서 차례차례 사랑에 대해 정의를 내린다.

사랑이란 사실 매우 단순하고, 꾸밈없고, 진실한 것이다.

사랑이란 바로 우리가 자연스럽게 익힌 하나의 생활습관인 것이다.

만약 내게 소원이 있냐고 물어본다면?

있다! 바로 아버지랑 손잡고 세계를 돌아보는 것.

아버지와 함께 떠나는 여행

종종 여행에서 가장 아름다운 것은 길 위의 풍경이 아닌 당신과 함께 풍경을 바라보는 그 사람이다. 그 사람은 당신의 가족일 수도 있고, 사랑하는 사람일 수도 있고, 친구나 반려동물, 혹은 여행길에서 만난 낯선 사람일 수도 있다. 아버지가 병환을 얻으신 뒤로 나는 삶의 좌절, 만남과 헤어짐을 겪은 사람들이 바라는 건 다른 무엇보다 건강과 평안 그리고 즐거움이라는 걸 깨달았다. 그 곁을 지키는 우리가 바라는 것도 당연히 많지 않다. 그저 그들이 건강하고 행복할 수 있기만을 바란다. 최근 들어 나는 매일 아버지 곁에서 잠들고, 일어나서도 아버지 손을 잡고 옆을 지키며, 맑은 날이면 아버지를 모시고 나가 햇볕도 함께 쬐인다. 순간 아버지께서 살아계실 때 함께 세계를 둘러보며 세계 곳곳에 아버지와의 따뜻한 추억을 남기고 싶다는 생각이 머릿속을 스치고 지나갔다. 지금은 비록 정확하게 말씀을 못하시지만 내 손에 전해지는 아버지의 따스한 온기로 나는 아버지께서 무슨 말씀을 하고 싶어하시는지 알 수 있다. 사실 내가 아버지께 하고 싶은 말은 그리 많지 않다. 그저 이렇게 전하고 싶다. "진짜 다음 생이 있다면, 저는 망설임 없이 또다시 당신의 아들이 되고 싶습니다. 지금까지 애써 저를 키워 주셔서 감사합니다. 사랑합니다. 아버지!"

다시 한 번 사랑합니다.

"다른 이에게 받는 깊은 사랑은 당신을 강하게 만들고, 누군가에 대한 깊은 사랑은 당신을 용감하게 만든다"는 말을 나누고 싶다. 가족애, 사랑, 우정 그 모든 것이 당신을 용감하게 만든다. 여러분의 인생에도 강인하고 용감해질 이유가 존재하길 바란다.

'효(孝)'가 자식으로서 당연한 도리라는 사실은 모두 알 것이다. 만약 당신이 내가 나눈 이 이야기를 통해 당신의 행복이 바로 곁에 있음을 깨닫고, 집으로 돌아가 가족들을 안아주고 함께 있고 싶어진다면 그것이 바로 내게 가장 의미 있는 일이다.

내가 얼마나 많은 사람에게 감동을 줄 수 있을지 감히 알 수 없지만 단 한 명이라도 내가 나눈 이야기를 듣고 가족들에게 소리 내어 사랑한다 말할 수 있다면 그것으로 충분하다. 이 작은 따뜻함을 세상과 공유했으니 말이다. 살며시 가족들을 품에 안아주었기에 서로의 마음 또한 따뜻해질 것이다.

가족 간의 정은 사람의 건강처럼
잃기 전에는 그 진정한 가치를 영원히 알지 못한다.
우정은 사람의 마음처럼
걷잡을 수 없기 전까지는 그 존재의 이유를 영원히 알지 못한다.
연인과의 사랑은 사람의 시력처럼
초점을 잃기 전까지는 그 맹목적인 추구를 영원히 알지 못한다.
우리 곁에 있는 모든 가족과 친구 그리고 나에게 최선을 다해보자.

'사랑'이란 누군가 당신의 결점을 본 후에도 여전히 당신 곁을 지켜주는 것
이다.
그것이 우정이어도 좋고 사랑이어도 좋다.
그러니 당신 곁을 지키는 사람들을 소중히 여기길 바란다.

이렇게 넓은 세상에서 우연한 만남이란 절대로 쉽지 않은 일이다.

아버지가 아들을 도와줄 때 아들은 웃었다
아들이 아버지를 도와줄 때 아버지는 울었다.
— 유대인 속담
사랑에도 때가 있으니 효도해야 한다. 존경하는 아버지 사랑합니다.

제가 계속 당신 곁에 있을게요

아침 일찍 집을 나서는 어머니와 오후에 출근해야 하는 여동생 때문에 나는 회사 출근을 못하고 집에서 아버지를 돌봐야 했다. 그 일로 엄마와 내가 전화로 다투게 되었는데 방에 있던 아버지가 그 소리를 들어버렸다. 나는 전화를 끊고 방으로 돌아와 아버지의 마음을 위로해 드리려고 했으나 아버지는 거세게 손을 저으며 어눌한 말투로 신경 쓰지 말라고 하셨다. 그래서 나는 이렇게 말씀드렸다. "아버지! 아무도 아버지 원망하는 사람 없어요. 만약 입장 바꿔서 제가 지금 침대에 누워 있다면 아버지랑 어머니도 집에서 저를 돌봐주실 거잖아요. 잘못한 사람은 아무도 없어요."

그제야 나는 침대 위에서 아버지를 안을 수 있었다. 기분전환을 위해 사진을 찍으려 했으나 사진을 찍고 또 찍어도 눈물이 멈추질 않았다. 아버지가 그때 조용히 내 가슴에 기대었다. 그 순간 시끌벅적한 타이베이 시가 갑자기 조용해지며 마치 나와 아버지에게 따뜻한 5분을 선사해주는 듯했다.

그 따스했던 5분 동안 나는 몰래 속삭였다.

"제가 항상 곁에 있을게요……."

my father

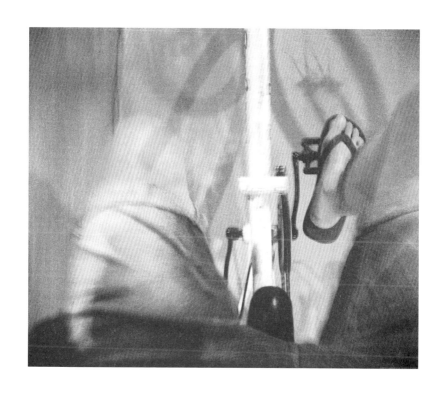

한동안 나 자신이 인생에서 낙오했다는 느낌이 든 적이 있었다.

출구를 찾지 못하던 나날 속에서 현실이 왜 이토록 잔혹한지 알 수 없었다.

그때의 나는 '인생'이라는 두 글자의 의미를 이해할 방도가 없었다.

이를 악물고 쓰러질 듯 비틀거리며 이 길을 지나오고 나서야 그 모든 것이 바로 '인생'이었음을 알게 되었다.

신앙이 없을 수는 있지만, 스스로를 믿지 않는다는 건 절대로 불가능하다.

은은한 바닷바람

꽤나 오래된 기억이지만 4년 전 어느 일요일을 또렷이 기억하고 있다. 미국에서 막 돌아온 뒤였는데 그간 가족들과 오랫동안 떨어져 있었기에 타이베이로 돌아온 첫 주말에 신이 나서 기차를 타고 가족들을 보러 타이동으로 향했다. 고향에 갈 때면 가족들과 함께 항구 낚시를 즐겼는데 그것이 내겐 가장 즐거운 일이었다. 하지만 이번에는 일 때문에 타이베이로 급히 돌아가야 하는 바람에 일요일 새벽에 기차를 탈 수 밖에 없었다. 그런데 왠지 모르게 기차역에 도착하니 갑자기 기차표를 환불하고 집으로 돌아가 아버지와 낚시를 해야겠다는 생각이 들었다. 그날 아버지와 나는 말도 별로 나누지 않고 그냥 은은한 바닷바람을 맞고 있었다. 아주 행복한 날이었다. 그날은 아버지가 병에 걸리기 일주일 전 마지막 주말인 동시에 아버지와 내가 마지막으로 함께 해변에서 낚시를 한 날이었다. 지난 몇 년 동안 나는 너무나 평온했던 그날과 내가 갑자기 생각을 바꿔 아버지와 낚시했던 그 일을 종종 떠올린다. 인생은 참으로 신기하다. 당신이 어떤 여정에 있든 선택의 순간 마음의 소리가 조용히 방향을 알려주니 말이다. 아마도 이것이 인생이 아닐까! 부단한 연습을 요구하는 인생 말이다.

좋아하는 사람이 있든 없든, 사랑하는 사람이 있든 없든 우리는 사랑으로 가득한 사람이 되도록 노력해야 한다.

그 누구라도 따지거나 비웃지 말고, 자신의 꿈을 이루고, 자기의 길을 가라.

때로 당신을 싫어하는 사람에 대한 최고의 반격은 미소와 유쾌함을 잃지 않는 것이다. 그들은 바로 그런 모습을 보고 싶어 하지 않으니 말이다.

하늘은 아무것도 가진 것 없지만, 오히려 그대에게 위안을 주고,
바다는 끝이 없지만, 오히려 그대에게 평온함을 준다.
우리의 마음도 하늘처럼 넓고, 바다처럼 너그러워야 한다.

미미微微 함

마음을 정화할 수 있는 여행을 누구나 꿈꿀 것이다. 우리는 늘 낯선 곳에서 오 랫동안 찾아 헤매던 위로를 얻을 수 있기를 바란다. 마치 속죄를 받듯 도시에 서 잔뜩 쌓인 수많은 더러운 것들을 깨끗하게 씻어내고 싶어 한다. 만일 가능 하다면, 언젠가 당신이 이 책을 들고 '마음'의 여행을 떠났으면 좋겠다. 나는 여행을 할 때마다 시간이 허락되는 한 바닷가를 찾는다. 물속에 들어가진 않 아도 눈앞에 끝없이 펼쳐진 너른 바다를 조용히 바라보면서 바다 저편에 있을 또 다른 세계를 그려보곤 한다. 그곳은 당신이 떠나온 곳일 수도 있고, 낯선 나라일 수도 있다. 망망대해를 앞에 두고 있자면 나 자신이 너무나 미미하게 느껴진다. 눈앞에 있는 이 세상은 여전히 돌아가고, 도시에 사는 모든 사람은 각자 크고 작은 고민거리와 괴로움으로부터 도망치고 싶어 한다. 시야를 넓혀 마음속 모든 고민거리를 아주 보잘것없을 정도로 작게 만들어보자. 그러면 자 기 자신이 이 세상 어느 한 모퉁이에 앉아 있는 영혼에 불과하다는 것을 알게 될 것이다. 모든 생각을 온 힘을 다해 이 끝없는 바다를 향해 흩뿌려보자. 그 잠깐의 시간 동안 소리 지르고 싶으면 있는 힘껏 소리 지르고, 웃고 싶으면 큰 소리로 웃어보고, 울고 싶다면 펑펑 울어보자! 이 세상의 위선으로 인해 당신 까지 거짓된 삶을 살지 말라. 다 울고 웃었다면 새로운 자신과 함께 더 멋진 다음 여정을 떠나보자!

이 세상에는 수많은 '만약'이 존재한다. 그러나 만약은 만약일 뿐, 기꺼이 자신을 믿는다면 좋은 날은 언젠가 반드시 온다.

You can't start the next chapter of your life if you keep re-reading your last one.

만약 계속 과거에 집착한다면, 인생의 새로운 장을 어떻게 펼칠 수 있겠는가?

이 세상이 당신에게 수많은 어려움을 주더라도,
설령 수만 가지의 포기할 이유가 있다 해도,
단 한 가지 이유를 위해 견뎌야 한다.
그대를 사랑하고 그대가 사랑하는 것을 위하여.

삶의 연습

병원에서 아버지를 부축하면서 병실로 돌아가던 날이었다. 복도에서 휠체어를 밀고 가는 한 아주머니를 보았다. 휠체어에는 젊은 여자가 앉아 있었는데, 딸인 듯했다. 서로 어깨를 스치며 지나가던 순간 두 여자가 서로 다른 표정으로 동시에 나를 뚫어져라 쳐다봤다. 평소에 아버지를 모시고 밖으로 나가 바람을 쏘이던 모습을 떠올려보면서 나는 어쩌면 우리 모두에게 그 생애에 반드시 거쳐야 할 과정이 있음을 깨달았다. 눈앞에 직면한 거대한 시련은 오직 자신만이 해결할 수 있다. 환자는 환자대로, 간호하는 사람은 간호하는 사람대로 서로 그 과정을 연습하고 익혀서 서로 이해하는 법을 알아야 한다. 그 어떤 일도 마찬가지라고 생각한다. 가족 간의 정, 연인 사이의 사랑, 친구 간의 우정, 이 모든 건 인생의 과제를 연습하는 것과 같다. 누군가에게 상처를 주기를 원하거나 누군가를 미워하기를 원하는 사람은 없다. 우리는 모두 살아 있는 일생 동안 배우기 위해 노력하고 있기 때문이다. 지금 당신이 어떠한 시련 속에 있든 나와 함께 고뇌는 잠시 던져버리고 사랑하는 사람을 있는 힘껏 사랑해보자! 더 큰 어려움이 닥쳐도 연습하면 되니까!

남의 신발이 나에게 맞지 않듯, 다른 사람의 삶을 내것과 비교하지 말라.
남의 경험을 내가 이해할 수 없듯이, 내 행복은 나만이 결정할 수 있다.

Sometimes the right path is not the easiest one.

때로는 인생의 옳은 길이 가장 쉬운 길이 아닐 수도 있다.

− 포카혼타스의 Grand mother willow

눈물을 머금은 채 세상을 바라본다면, 온 세상은 눈물로 가득할 것이다.
하지만 호기심과 미소를 띠고 세상을 바라본다면, 그 어디든 놀라움
과 기쁨만 가득할 것이다

아름다운 나라

이른바 '출국'을 꼭 해야만 아름다운 나라를 찾을 수 있는 것은 아
니다. 아름다움이란 언제나 우리 주변에 있기에 우리는 그저 느끼
기만 하면 된다. 스스로 주변의 아름다움을 발견할 수 없다면 동화
같이 아름다운 나라에 가도 여전히 외로울 것이다. 인생을 살면서
우리는 자신의 처지에 만족하고 적응하는 법을 배울 수 있다. 실수
를 두려워하거나 아무것도 보지 못할까 염려하지 말고 자신의 보폭
에 맞추어 걷다 보면 이미 그 길 위에서 무언가를 얻었다는 사실을
깨닫게 될 것이다. 우리의 눈은 자신의 내적 세계보다 외부 세계를
훨씬 더 많이 바라본다. 때문에 길 위의 풍경이 어떤 놀라움과 기쁨
을 가져다줄지 기대하는 동안 자신의 내면에서 자라나고 있는 힘은
잊어버리게 된다. 그러니 오늘부터 타인의 시선에 신경 쓰지 않는
연습을 하고 홀가분하게 사는 법을 배우자. 그리고 자신다운 태도
로 미래에 대한 충만한 희망을 품고 삶을 살아보자. 계속 뭔가 놓친
것은 아닐까 전전긍긍하는 순간, 삶의 의미도 놓치게 된다는 사실
을 기억하자. 이로써 우리를 사랑하는 이들에게 보답하고, 우리에
게 상처를 준 이들에게 반격해보자. 바로 오늘부터.

People cry, not because they're weak.

It's because they've been strong for too long.

당신이 우는 건 나약해서가 아니라 너무 오랫동안 견뎠기 때문이다!

많은 시간 농안 우리는 싱징하면서

너무 큰 기대를 받았기에 인정을 갈구했고,

너무 많은 훈계에 누군가 감싸 안아주길 원했다.

그러니, 그냥 울자!

당신이 나약해서가 아니라 다른 사람보다 좀 더 오래 견뎠으니까!

삶에서 길을 잃었다면 나를 찾는 여행을 떠나봐!
나를 만나러 가는 여행

초판 1쇄 발행 2017년 10월 31일
초판 3쇄 발행 2019년 01월 07일

지은이 피터 수(Peter Su)
옮긴이 장려진
펴낸곳 보아스
펴낸이 이지연
등 록 2014년 11월 24일(No. 제2014-000064호)
주 소 서울시 양천구 목동중앙북로8라길 26, 301호(목동) (우편번호 07950)
전 화 02)2647-3262
팩 스 02)6398-3262
이메일 boasbook@naver.com
블로그 http://blog.naver.com/shumaker21

ISBN 979-11-954336-9-8 (03820)

이 도서의 국립중앙도서관 출판시도서목록(CIP)은 서지정보유통지원시스템홈페이지 (http://seoji.nl.go.kr)와 국가자료공동목록시스템(http://www.nl.go.kr/kolisnet)에서 이용하실 수 있습니다.(CIP제어번호: CIP2017024974)